P9-AGI-963

Carajicomedia

Seix Barral Biblioteca Breve

Juan Goytisolo
Carajicomedia
de Fray Bugeo Montesino
y otros pájaros
de vario plumaje y pluma

Primera edición: febrero 2000

© 2000, Juan Goytisolo

Derechos exclusivos de edición
en castellano
reservados para todo el mundo:
© 2000: Editorial Seix Barral, S. A.
Córcega, 270 - 08008 Barcelona

ISBN: 84-322-1056-0
Depósito legal: B. 5.016 - 2000
Impreso en España

SUMARIO

Capítulo I

EL *PÈRE DE TRENNES*

1

Acababa de escribir en mi diario *the morning passed as usual, I was in the office*, con la reflexión desengañada, después de una de mis fatigosas correrías nocturnas por Panam's y el bar Cádiz, de

My resolution to control myself and change
held good for two weeks at the very most

cuando me sorprendió el aviso de Pepe: hay una llamada telefónica de un señor francés que pregunta por usted.

Se encendió al punto la lucecita roja del peligro. ¿No sería el farragoso traductor de los cien mejores poetas resistentes de la península que con cruel impavidez perpetraba sus versos en las sábanas impresas de *Les lettres françaises*? Yo trataba de redactar unas notas sobre los méritos y deméritos del traductor/traidor Ezra Pound y estuve a punto de eludir la llamada. La resaca físico-moral de la víspera, tras la sólita reunión semanal con la tribu tabacalera no me predisponía a escuchar inepcias sobre los poetas de León o el numen de Gabriel Celaya. La resignación a su porfía dialéctica y verdades de tercera mano me indujo no obstante a ceder.

«¿Con quién hablo?»

«*Le père de Trennes*»

(¿Era de Trennes o d'étrennes? El día de año nuevo, ¿no había quedado atrás?)

«*Quelle langue vous préférez? L'anglais, l'italien, l'espagnol...?*»

«*Just the one you feel better with.*»

«*I am a close friend of María Zambrano and Gustavo Durán. Gustavo gave me your phone number when I met him last week in Rome.*»

«*Are you translator at the Food and Agriculture Organization?*»

Hubo una breve risilla, como de colegial travieso.

«*Oh, no! I'm a priest! Le père de Trennes!* Pero he traducido a Kavafis en mis ratos de ocio, así que no anda usted errado del todo. Si dispusiera de algún ratillo libre, me agradaría tomar un café con usted.

Le cité en casa el día siguiente, tras cerciorarme de que Gabriel y Cucú estarían conmigo. *They were both so puzzled as myself.* Un religioso políglota y traductor de Kavafis no es pan de todos los días, al menos en nuestra menesterosa España. Aplacé así la visita a uno de mis sobrinos que había enfermado de escarlatina.

Esperábamos, o mejor dicho, esperaba yo la aparición de un sacerdote en traje talar, con todos los atributos y arreos del oficio y su condigna santidad. En su lugar, Pepe introdujo en salón a un hombre de una cuarentena de años, vestido de ejecutivo, con algo de esa incomodidad y envaramiento propios de los celadores de las misiones evangélicas que en Oxford ejercen su apostolado de puerta en puerta. Pero era una primera y falaz impresión desmentida pronto por una muy concertada conjunción de detalles: el pelo largo y undoso, el halo de perfume o loción de afeitar, el *foulard* de marca, los zapatos de esbeltez italiana, los calcetines de seda. Una discreta cruz de oro adornaba la pechera inmaculada de su camisa.

Se presentó con florida modestia: aunque sacerdote de rito oriental con la encomienda papal de llevar a la Virgen de Fátima a Rusia, era miembro de la Santa Obra y residía de ordinario en Ai Monti Parioli. Pero gozaba, se apresuró a añadir, de un estatuto especial. Su condición de lingüista —experto en griego clásico y arameo— le había convertido en una especie de embajador itinerante de la Prelatura Apostólica en el Oriente Próximo.

«Tanto Gustavo como María me han hablado muy elogiosamente de usted.»

Se expresaba en el tono algo *guindé* de quien, con cautela, se esfuerza en pasar un examen. Pero, ¿formábamos acaso, Gabriel, Cucú y yo, un tribunal religioso o universitario?

«¿Qué piensan sus superiores de una republicana tan notoria como María Zambrano?», preguntó Gabriel.

«La Obra deja a sus miembros una entera libertad personal en asuntos que no tocan el dogma.»

«¿Incluso para traducir a un poeta como Kavafis?»

«*Why not? He was a lovely man who loved lovely boys!*»

«¿Reside usted en el Colegio Mayor Monterols?»

«No. Yo me muevo por mi cuenta. He alquilado un piso modesto en San Gervasio.»

(Cuando más tarde fui a verle, me hizo pasar a un saloncito de aire inconfundiblemente burgués de los sesenta, con su tresillo tapizado de verde, mesilla de mármol con revistas de consultorio médico, moqueta gris y lámpara de cristal de cuatro brazos. Todo respiraba allí convención, riqueza huera: armario y alacena bien provistos, pulcra adustez de imágenes y crucifijos, devoto afán de las benditas mujeres de la limpieza o numerarias auxiliares, como las llamaba el Padre. Sobre la mesa de su despacho, junto al *Kempis* de nuestro tiempo, se erguía con todo la estatuilla de un efebo griego.)

Gabriel, Cucú y yo andábamos intrigados, con una curiosidad aguijadora y un tanto perversa por los rebozos y conchas del personaje. ¿Entendía? Desde luego que sí o, como recordé yo citando a Lorca, estaba perdiendo el tiempo. Sus maneras suaves y unción religiosa se entreveraban con risillas y un fugitivo estremecimiento culpable del que teme mostrar la cola y procura recatarse. Lo de Kavafis y los adolescentes helenos parecía más trinchera que confidencia. *Il avouait peut-être les télégraphistes pour ne pas parler des facteurs!*

Le invité otra tarde a tomar unas copas con Jaime Salinas y Han de Islandia. Él aducía, como si presintiera el peligro, una cita inexcusable con un próximo a don Flavio pero acabó por ceder.

«¿Chartreuse, Benedictine?»

«Mis tías, que en paz descansen, llamaban a eso un chupito. No sé bien si se trataba de un digestivo o de anís.»

«Escoja usted entre las botellas de la licorera. Pepe, sirve al señor.»

El *père de Trennes*, tras un breve discreteo, se apuntó al *gin fizz*.

«Cuidado, no se le vaya la mano con la ginebra porque me pone piripi», advirtió.

Éste era precisamente mi propósito, ponerle piripi, como él decía, y salir de bureo en su santa compañía por los bares de La Rambla y Escudillers. Jaime se encargaba de llenarle el vaso vacío y con cazurrería de *pagessos*, le tirábamos de la lengua.

¿Era cierto lo que contaba Carandell, en su obra

aún inédita por culpa de doña Censura, sobre la vida y milagros del Padre?: ¿sobre sus apariciones carismáticas en Cadillac negro y afición de *nouveau riche* a dar audiencia en salones con paredes forradas de seda, arcones de esmaltes, vitrinas de marfiles chinos, lámparas y relojes de bronce, biombos *coromandel*, escudos de armas? ¿Cómo se las agenció para obtener el muy noble marquesado de Peralta? Lo de la doncella que, arrodillada, depositaba sobre la mesa una bandeja de plata con la correspondencia mientras Monseñor se desayunaba con su habitual frugalidad, ¿respondía a un hecho real?

«Uy!», decía el *père de Trennes*. «¡Todo son habladurías de chismosos y resentidos! ¡Faena de comadres! Las consejas de sencillez y humildad del Padre desmienten esas alegaciones malignas.»

Pero los *gin fizz* surtían efecto y, a la llegada de Cucú y Colita, el *père de Trennes* aceptó bailar un pasodoble con ellas. Era *Paquito chocolatero*, que yo escuchaba de niño en La Nava, durante las fiestas del pueblo. Me gustaba ponerlo a veces en sordina, como contrapunto a la traducción de Eliot o, en compañía de algún chico guapo, en el *juke-box* de Panam's. Un quinto o sexto sentido (¡más bien el inevitable sexto!) me adelantaba que la noche iba a ser memorable y lo fue. Una súbita excitación se había adueñado de todos, como si cada uno de nosotros hubiese asumido la profunda verdad de estos versos de Verlaine

N'as tu pas fouillant en les recoins de ton âme
Un beau vice à tirer comme un sabre au soleil?

Subí ex profeso el volumen del altavoz (mis padres dormían fuera y Pepe se había retirado con tacto). Los compases del pasodoble elevaban gradualmente la temperatura afectiva: el respetable salón familiar parecía más bien un real de feria o encierro taurino. Colita embestía briosamente el *foulard* de Cucú y ésta se había agenciado un par de abanicos de la vitrina y se servía de ellos como banderillas. Luego, el *père de Trennes* pasó a ser el Miura. ¡Una colcha roja!, gritó Han. Fui a buscar una de un rosa desteñido y se la pasé a Colita. El buen Padre rascaba la alfombra con sus elegantes pezuñas antes de entrar al trapo. Cucú le azuzaba con rugidos de leona en celo. Nuestro novillo de casta no temía al ridículo. Enrojecido y algo despechugado, actuaba conforme al guión con furia de poseso. *Paquito chocolatero* nos enfebrecía: nada más excitante que su crescendo bien *arrosé* con ginebra. Al cabo de unos minutos nos sentíamos agotados. El *père de Trennes* se puso sobre los hombros la colcha rosada y preguntó: «¿Qué tal estaría yo de bailarina?» «Requetebién», dijo Colita. Intentó unos pases de baile, pero no pudo. El *gin fizz* puntualmente servido por Jaime le había dado la puntilla. Estaba borracho y empezó a cantar:

> *Salta, corre, vuela,*
> *mi fiel borriquillo*
> *con garbo y con sal.*
> *Qué más da que en el camino*
> *haya punzantes espinas*
> *si sé que rosas habrá.*
> *¡Qué más da!*
> *¡Qué más da!*

(Era una de las gaiticas que solían cantar sus «colegas», en el sentido que, según Juan G., tiene ese término en el árabe dialectal de Marruecos.)

Lo embarcamos sin resistencia en nuestra comitiva

de dos taxis hasta las playas de arena movediza del Panam's. Allí le servimos aún dos rondas más de su bebida favorita y le presenté a un chulo bien vestido y con modales de alumno de colegio de pago. Pero mi celestineo no funcionó. El *père de Trennes* no mostró ningún interés por el mozo. ¿Le gustaban quizá los adolescentes como al poeta que traducía o los maromos de bigote con cara de guarda jurado? En el local no había ejemplares ni de unos ni de otros. El misterio subsistió aunque, como dijo luego Gabriel, *ce qui est sûr c'est que s'il joint les mains pour prier, il entrouvre au même temps autre chose!*

Lo que ocurrió después a las tantas lo rememoré horas más tarde en plena resaca. Me fui al hotel Cosmos con el muchacho menospreciado (buen profesional, pero sin convicción profunda) y Jaime y Han de Islandia escoltaron al *père de Trennes* a su piso de San Gervasio. Tuvieron que ayudarle a salir del taxi: le había entrado hipo y sollozaba histérico: *That is quite finished! Never more! Mon Dieu, quelle déchéance!* Hubo que abrirle la puerta (no daba al parecer con la cerradura), disolver dos Alka Seltzers en un vaso de agua y acomodarlo en la cama.

Al redactar estas líneas me acordé de unos versos de Kavafis, traducidos probablemente por el Padre:

> *And how dreadful the day when you give in*
> *(the day you let yourself go, and you give in).*

2

Perdí de vista durante algunos años al buen *père de Trennes*. Supe de él, a cuentagotas, por María Zambrano, que había publicado su mediana versión de dos poemas de Kavafis en *Botteghe Oscure*, y por Gustavo, quien me informó con ironía de su inesperado sarampión marxista: «no sé como se lo tomarán sus correligionarios de la Obra, pero está como se dice de un rojo subido».

Me enteré de que había ido a Cuba a saludar la Revolución de Fidel Castro. Cantaba de ella, al parecer, grandes portentos y maravillas. ¿Le gustaban quizá los mulatos? Lenguas ruines sostenían que sí. El cineasta Néstor Almendros, que acababa de desertar del paraíso y vivía a salto de mata en Barcelona escoltado por el futuro Terenci del Nilo, aseguraba haber recibido una carta en la que se referían sus gloriosos hechos de armas en los barrios populares de la santería: «Como santo que es, busca el suero curalotodo de los lucumíes. *On l'appele déjà l'Abbesse de Castro!*»

De vuelta a Europa, se instaló en París. Yo le había procurado las señas de la Rue Poissonnière y suponía que estaba en contacto con Juan aunque ninguno de los dos me habló de ello. La casi dolorosa plenitud de ánimo que siempre busco en la cama no me espoleaba como antes. ¿Envejecía? Discutía de ello con Gabriel, a quien el tema obsesionaba. ¿Por qué, cuando creemos alcanzar la serenidad de la madurez asistimos de espectadores a nuestra propia ruina? Aún estábamos lejos de ésta, pero verificábamos la aparición de sus primeros síntomas: no sólo el descubrimiento a primera vista anodino de peinar canas sino el de la resistencia del cuerpo al ritmo frenético que con descuido le imponíamos.

Echase ome sano e amanesce frio
la nuestra vida corre como agua de río.

Por fortuna, ese proceso biológico se acompaña de una mayor fortaleza síquica y también de un mayor sosiego y seguridad. Marguerite Yourcenar, en cuya lectura me inicié después de arrinconar a la Beauvoir, lo expresa muy bien en una cita tomada, como la de Verlaine, de la excelente biografía de Kavafis por Robert Liddell que me prestó el padre:

> *L'angoisse, en matière sensuelle, est presque toujours un phénomène de jeunesse; ou elle détruit un être, ou elle diminue progressivement du fait de l'expérience, d'une plus juste conaissance du monde, et plus simplement de l'habitude.*

Pero vuelvo al *père de Trennes*. De vez en cuando me telefoneaba al despacho: *Ah, comme je vous sens heureux respirant l'air des Ramblas! Ici, il pleut dans la ville, et il pleut dans mon coeur, comme dit Brassens. Envoyez-moi un petit rayon de soleil: un poème, une lettre, une photo de vous accompagnée d'un beau garçon!* Pasado el sarampión castrista, se había apartado prudentemente de la política y de los ideales revolucionarios. Tampoco pisaba la calle de Vitrubio ni, salvo raras excepciones, la Via Bruno Buozzi. Vivía, según Juan, entregado a sus afanes apostólicos en lugares de muy dudosa santidad.

Un día se presentó en mi piso del Turó Park: indemne del paso de los años, enmelenado y vestido con elegante descuido, muy *soixante-huitard*. (Unas semanas antes me había telefoneado exuberante desde El Cairo: ¡Acababa de declararse a un guardia de tráfico en la plaza más concurrida de la ciudad! ¿Cuál había sido su respuesta? *Oh, he was perfect! He went on with his whistle but he arranged to meet me in the front of Egyptian Museum.* Suspiró: era alto y fuerte. Tenía los pies de un vendimiador velazquiano.)

«¡Para usted no pasan días! ¿Sigue un tratamiento hormonal en la patria de Ceaucescu?»

«No necesito ir a Rumania como los presentadores de la tele. Procuro llevar una vida sana a la espera de mi próxima reencarnación.»

Parecía haber adquirido al fin el sentido del humor cuya falta le reprochaba con razón Gabriel F. Me habló de sus nuevas amistades parisienses: Severo, Roland, François Wahl. Y, ¿Genet? *Il l'adorait de loin, mais ses manières brusques l'intimidaient.* En cuanto a su relación con la Rue Poissonnière sufría de los altibajos de humor de Juan, «cada vez más encerrado en sí mismo y en su escritura laberíntica».

Preparaba —o perpetraba— al parecer una novela —que el propio autor calificaba de armatoste, mamotreto o artefacto—, cuya realización le exigía muchas lecturas y años de trabajo. Una historia de la sexualidad a la luz de la doctrina católica por medio de un viaje por la lengua castellana desde la Edad Media hasta hoy. Quería transcribir sus experiencias de ligón en el lenguaje eclesiástico, incluido el del autor del *Kempis* moderno, a fin de parodiarlo desde dentro y poner su hipocresía al desnudo: lo que, contagiado tal vez por sus lecturas telquelianas, llamaba «libido textual».

(Reímos los dos.)

«¿Es autobiografía o novela? ¿Hay un argumento, episodios, personajes reales?»

El argumento es lo de menos, argüía de prestado el *père de Trennes.* Lo que nuestro común amigo pretende es disponer el oído a la escucha de las voces del pasado para apropiarse de ellas y convertirse en dueño y señor de su escritura, olvidándose de quienes bregan por serlo de la literatura y la vida literaria. La vitalidad de un artista se mediría así por su aptitud para asimilarse las distintas corrientes literarias de la tradición en la que se inscribe al servicio de un proyecto original, vasto y ambicioso (¿no había escrito Eliot algo semejante?). Quien no dispusiera de este substrato o biblioteca digerida, *jamais en rapport avec les combinaisons mercantiles* (citaba a Mallarmé), se condenaba a vivir y desaparecer con su época... El *père de Trennes* dudaba no obstante de la viabilidad de la empresa, y yo también. Puestos a elegir entre Forster y Bajtín, me quedo siempre con Forster y sus razonables preceptos y pautas. Pero aguardaba la ocasión de discutir de ello con Juan.

«*Et vous, mon père*» (empleaba siempre el usted con él, para mortificarle). «Qué es de su vida por Barbès y la Gare du Nord?»

«¡He dejado de ser el *père de Trennes*!»

Le había servido una ginebra con hielo, y la paladeó con delectación.

«*J'ai changé mon nom de guerre, comme les cocottes d'antan!* Ahora me llamo Fray Bugeo. ¿No le suena el nombre?»

Me sonaba, en efecto, pero no di con él.

«Es el autor de *Carajicomedia*, la obrilla de santa desvergüenza y coloquio breve incluida en el *Cancionero de coplas de burla*. ¿La conoce?»

«Gabriel me pasó una vez el prólogo de Luis Usoz y Río, ese protestante tan español propagandista y vendedor de Biblias...»

«Exactamente. Don Luis Usoz y Río me prologó e imprimió en Londres a falta de no poder hacerlo en España. El libro circuló poco, pero mi admirado don Marcelino Menéndez Pelayo le hizo una gran publicidad en su *Historia de los heterodoxos*, tanta que, contra mi costumbre, le mandé una cartita de felicitación.»

Los anacronismos del ex-*père de Trennes* y bisoño

Fray Bugeo me encantaban. ¿Se había arrimado por fin, como yo aconsejaba a Juan, a la tradición literaria inglesa de Sterne y de Swift? Recuerdo que intercambiamos bromas acerca de su longevidad. ¿Un siglo y medio? ¡Qué va, mucho más! ¡Desde los Trastámaras! Evocamos el cómputo fantasioso de Jehová y el apego terrenal de los patriarcas del Génesis. Mas, ¿podía ponerse en duda la palabra divina? Me citó unos versos de Milton y yo le respondí con una reflexión de Gracián. Quedamos en tablas.

Él mismo se sirvió otra ginebra con muchos cubitos de hielo.

«Vayamos al grano», dijo muy serio. «No cree en la transmigración?»

* * *

Muchos años más tarde, cuando me reponía del consabido y agotador viaje a los antípodas (los filipinos me aburrían y habían dejado de excitarme), recibí por correo certificado el manuscrito al que tú, lector cruel, vas a hincar el diente: hazlo pedazos si te apeteciere. A mí no me importa ni nada me va en ello. Tal como llegó se lo pasé al editor. Si culpa hay es la del fisgoneo. Sobre este hábito escribí en mi juventud un poema. Fui poeta una vez y, cuando la palabra me dejó, dejé de serlo.

Capítulo II

EL MANUSCRITO I:
MIS SANTOS Y SUS OBRAS

Prólogo para entendidos

Carajicomedia, primorosa floresta de vidas y hechos ejemplares de Fray Bugeo Montesino, fue publicada por vez primera en la edición del *Cancionero de burlas* impreso en Valencia en 1519. El prologuista anónimo refiere que al hojear un día los sermones y epístolas del piadoso autor halló «la obra que este reverendo Padre compuso para su recreación» y, por tratarse de «cosa contemplativa y devota», se decidió a sacarla a luz. El texto, escrito probablemente en el breve reinado de Felipe I el Hermoso y Juana la Loca, no nos aclara el enigma de su creador, «clérigo o fraile y aun tal vez trinitario», según Luis Usoz y Río.

La personalidad de Fray Bugeo Montesino permanece envuelta en la bruma de incontables leyendas y fábulas. Aunque algunos eruditos fijen la fecha de su muerte a comienzos del reinado del emperador Carlos I, otros aseveran que, con el disfraz de un archimandrita griego, intentó socorrer a San Juan de la Cruz en la mazmorra toledana en la que descaecía víctima de la saña envidiosa de los Calzados, e incluso que asistió, con su inseparable fámulo, a un inquietante coloquio interdisciplinario sobre la mística y la poesía del santo en un crepuscular balneario a orillas del mar Negro.

Sea lo que fuere, no abandonó su misión apostólica como creía Usoz y Río sino que, a partir de los años sesenta de nuestro siglo, reapareció como activista de la Santa Obra, sin renunciar por ello a su jerarquía eclesiástica en las Iglesias de Oriente ni a la encomienda papal de transportar la imagen de la Virgen de Fátima a Rusia y auspiciar su conversión a nuestro Credo. Primero en Barcelona, luego en París y en diferentes tierras de misión, predicó de palabra y con el ejemplo el camino de escala a la santidad y se relacionó con escritores del fuste de Jean Genet, Roland Barthes, Severo Sarduy, Jaime Gil de Biedma y Juan Goytisolo, al que alude en ocasiones como «el copista» y «discípulo barcelonés», ironizando sobre su fisgoneo literario y apropiación indebida de los dietarios, borradores y notas de la Primera Parte de su obra para la elaboración de novelas y autobiografías ficticias.

Al final de *Las ocultas moradas* —segunda parte de la nueva y enjundiosa versión de la *Carajicomedia* que ofrecemos a continuación al lector—, Fray Bugeo Montesino afirma haberse retirado del mundo tras ceder sus manuscritos piadosos a la Fundación Vaticana Latinitas. Conforme a sus decires, se refugió como los antiguos anacoretas en las fragosidades de la Mauritania Tingitana, acompañado de varios santos de recia y acrisolada virtud, con quienes corea las preces canónicas y se entrega a muchos y fervorosos ejercicios de devoción con ánimo de edificar a los jóvenes y encarrilarlos por las Anchas Vías del consuelo y la gracia.

MOHAMED

Natural del país de los Beni Snasen, cerca de la frontera marroquí con Argelia. Le conocí en Barbès en abril de 1963: es el personaje descrito en el capítulo V de *En los reinos de taifa*, obra de mi amigo y discípulo barcelonés, padrastro y no padre de su autobiografía novelada, compuesta con retazos de mis diarios y glosas al pie de página.

Mohamed reunía en su persona los atributos y gracias de un santo: robusto, de estatura media, y aunque de piel blanca sin vello, lucía un espeso bigote negro del que se servía diestramente al besar. La naturaleza fue generosa con él tocante a sus prendas: su mano de almirez enhestaba al menor roce su gloria como el viril de la custodia en manos del oficiante, incluso durante el sueño. Recuerdo algunas noches de llama intensa cuando, después de las preces, escuchaba el ritmo pausado de su respiración y disponía a voluntad, con mi inmediatez corporal, de la instantánea rigidez de la columna central de su templo. Viajamos juntos, con el aval de la Obra, primero a Hamburgo y luego a Amsterdam. Allí me propuso enviar una postal con su firma a D. M., un célebre y almibarado cantor de la época, de lo que deduje que fue socorrido con su fogosidad. Fuera de esta y alguna otra incursión con un devoto del cilicio y la mortificación de la carne, sus preferencias le orientaban al otro sexo. Fue, como muchos compatriotas suyos, un santo pasajero, cuyo sincero fervor conmigo revistió a todas luces un carácter excepcional.

Solía acompañarle los domingos a los cafés de Barbès —¡lugar de predicación ideal en tierra de infieles!— y, gracias a él, descubrí la voz ronca, no sé si vaginal o aguardentosa de Chija Rimiti, convertida veinte y pico años más tarde en «madre del rai». Rondaba entonces la cuarentena, saludaba con la mano tintada de alheña y prendía en el escote de su vestido los billetes de sus admiradores, asiduos, como yo, del local.

La audacia seductora de mi amigo rayaba en la temeridad. Había cautivado con su incansable ardor a una compatriota casada, y en el mismo café en el que disfrutábamos del arte de Chija Rimiti y de otros cantantes de Uxda, Tremecén y Orán, se las ingenió para colarse con ella en los lavabos del sótano mientras yo entretenía al marido con una edificante conversación espiritual que debió calar en su alma pues no se percató de la ausencia simultánea de los amantes. Fueron unos minutos tensos en los que, sin perder de vista el hueco de la escalera, alcancé a entretener al perdedor con mi floresta de consejos y máximas hasta el regreso por separado de la pareja. Ella sonreía, con las mejillas encendidas por el fervor de los rezos y Mohamed me premió a la salida con el alborozo de quien acaba de acceder al edén, al júbilo de la unión transformante: *tu es un vrai frère, je veux passer toute la nuit avec toi!*

Como carecía de domicilio fijo, le busqué alojamiento primero en una *chambre de bonne* que había servido de refugio a un croata numerario de la Obra, luego en otra cercana al Square d'Anvers y finalmente en los bajos de un edificio que compartía con uno de sus hermanos, recién venido de su tierra. Pese a su manifiesta y acrisolada virtud, vivía en barraganía con Aicha, una argelina divorciada y madre de dos hijos. Aunque he aceptado siempre estos desvíos con comprensión y caridad cristianas —el *De periculo familiaritatis vel mulier* prueba sin lugar a dudas que el Doctor Angélico lo escribió por directa iluminación del cielo—, nuestra piedad empezó a malograrse: informada de la índole de nuestras preces por un compatriota con quien había rezado a dúo algunas jaculatorias y que se vengó así de mi posterior desinterés por él, Aicha le prohibió todo contacto conmigo y debíamos conjugar a hurtadillas los tiempos del verbo en algún hotel de Pigalle. Obsesivamente celosa, era adicta además al bureo y al trago. Según me enteré por terceros, reñían a diario y armaban alboroto en los cafés de Barbès: en una ocasión, ella le denunció a la policía por malos tratos y Mohamed dio con sus huesos en la comisaría del distrito. Como se refiere en la autobiografía remendada de mi amigo, Mohamed se hallaba en trámite de expulsión y, a causa del veto de Aicha, mis tentativas de ayuda tropezaban con insalvables obstáculos.

Poco a poco, quizá por su desordenada vida, empeño simultáneo y porfiado con personas de un sexo distinto, falta de sueño y abuso del alcohol, su santidad incentiva y enérgica descaeció. Apuraba aún su pócima amarga, pero el Señor, Misericordioso Curador de nuestras congojas, me inspiró el afán de probar nuevos y portentosos medicamentos al servicio de mi vicaría apostólica.

En 1965, durante un año de recogimiento meditativo en una residencia de la Obra, Mohamed fue expulsado del territorio francés. Gracias a la intervención de mi abogado conseguí que revocaran la orden y autorizaran su regreso a la antigua metrópoli pero, contrariamente a sus promesas, volvió a convivir con Aicha, una de esas grandes perturbadoras de la paz de todos los santos del calendario católico. A mi vuelta a París en el verano de 1966, me consagré con celo a mis misiones de predicación y proselitismo: socorrí a numerosas almas ansiosas de plenitud y caldeo hasta su perfecto vaciado y curación. Mantenía el afecto a Mohamed mas el fulgor de su llama descaeció gradualmente como todas las cosas en nuestro bajo mundo (¡Sólo Dios es eterno!).

Cuando fui a evangelizar a Nuestra Señora de la Puebla de Los Ángeles en California, me enteré de su segunda y definitiva expulsión. De vuelta a Europa, tras una visita al fundador y guía de la Santa Obra, decidí ir a verle a su país y me recibió en la aldea, rodeado de su dulce y recatada mujer y una cáfila de hermanos e hijos con quienes sólo pude comunicarme por señas. Había retornado a los ritos y costumbres de sus antepasados, participaba con el traje tradicional en las exhibiciones ecuestres, corría la pólvora con los jinetes y acudía los viernes a los rezos de la aljama.

(Aún me reuní con él en la Ciudad Roja y en su tierra. Todos los miembros de su familia vivían del contrabando de dinares argelinos y los cambiaban en Uxda por un tercio de su valor.

Las llamadas telefónicas de cobro revertido cesaron a comienzos de los ochenta, cuando había enviudado y se quejaba de su mala salud. No he vuelto a saber de él ni sé si está vivo o muerto. ¡Ojalá el Señor lo guarde a Su vera en la Mansión de los Justos!)

BUSELHAM

Me amigué con él, ¡loado sea el Señor!, durante mi primera misión en Tánger en otoño de 1965, descrita con voluntario distanciamiento por mi colega y discípulo barcelonés, el futuro San Juan de Barbès-Rochechouart, en el último capítulo de su biografía novelada, directamente inspirada en mis escritos.

Estaba en un cafetín del Zoco Grande, sentado a una mesa alejada de la mía y me atrajo de inmediato: recio, bigotudo, con cara de boxeador o entrenador de rugbi. Vestía un jersei de marino azul oscuro y una gorra de lana del mismo color. Advirtió mi interés por él pues, aunque me fui sin saludarle, nos cruzamos dos o tres días después junto a la oficina central de Correos y me dirigió la palabra en español. Le invité al pequeño centro de la Obra en la Rue Molière y me pidió que le comprara una botella de vino en el bacalito para que se «le quitara la vergüenza» (la «santa desvergüenza» de que habla nuestro beato fundador).

Buselham cifraba en su cuerpo todos los méritos que configuran mi imagen de un santo: brazos musculosos, pecho velludo, rostro de rasgos duros y toscos que suavizaba al sonreír. Su sed era insaciable: vaciaba a caño dos o tres botellas de tinto por velada. Su lengua —la que empleaba conmigo— consistía en una mezcla muy personal de andaluz y morisco, aprendida en sus añorados tiempos de capataz de una empresa constructora española, en el período de esplendor del estatuto internacional de la ciudad. Trabajaba los fines de semana de portero —las palabras *bouncer* o matón sacabullas serían más apropiadas— en el bar del hotel Astoria y allí le veía despedir sin contemplaciones a peleones y borrachos. Cuando disponía libremente de su tiempo, me guiaba por los vericuetos y escondrijos de la Medina, antes de recorrer, entrada la noche, las barras de los bares ingleses de su devoción y mezclarse allí con su fauna heteróclita de catecúmenos, párvulos y aspirantes a la santidad. Su carácter era casi infantil —le gustaba imitar el acento de Cantinflas y el del carpetovetónico amo del café en el que solía desayunarme— si bien, como verifiqué pronto a mi costa, sujeto a ramalazos incontrolables de violencia.

En libro de autor ajeno se exponen mis recuerdos brumosos de la noche en la que, enardecidos los dos para conjugar nuestras preces, discutimos por una razón que ignoro y él me tumbó al suelo de un golpe y permaneció junto a mí horas y horas mascullando amenazas en su lengua hasta caer dormido. Experiencia iniciática que, al revelarme las leyes de mi santidad soterrada, me condujo por la interior escala a la redacción de estas vidas ejemplares destinadas a orientar al lector entre las asperezas y breñas en donde se alza el túmulo de la virtud y el fresco manantial de sus gracias.

(*Felix qui potuit rerum cognoscere causas*, como dijo Virgilio.)

Aunque huí al sur para ocultar los efectos devastadores de su contundencia, esta separación temporal, indispensable a una meditación sobre lo ocurrido en el doble plano del apostolado y la vida, reforzó los lazos que me unían al feroz cancerbero. Buselham se deshacía en excusas, me juraba y rejuraba su absoluta fidelidad, forjaba planes quiméricos de una eterna alianza conmigo. Pero era la imagen borrosa de su brutal rudeza, encarnada en el cuerpo macizo y membrudo, la que me atraía a su campo magnético y alimentaba el proyecto de una composición en verso, compendio de las diferentes estaciones y grados de mi camino de perfección.

En las siguientes misiones de apostolado en Tánger, seguí recibiéndole en el apartamento de la Obra. A veces íbamos a los balnearios de la avenida de España y más a menudo a las capillas de su querencia. Una de ellas, en la calle de Dante, era una especie de seminario de novicios indígenas atraídos por la santa reputación del lugar, cuyo dueño, un francés rubioteñido, amigo al parecer del general U., cayó arrastrado por éste tras su tentativa de magnicidio y subsiguiente ejecución a balazos. El local fue cerrado y Monsieur Michel expulsado del país.

La imantación espiritual del cuerpo de Buselham se desvaneció a medida que avanzaba el proyecto de esta edificante floresta de vidas *ad gloriam*. Su inevitable recurso al alcohol para enfervorizarse y la falta de impulsión posesiva inherente a mis demás santos, tanto en París como en Tánger, influyeron en mi alejamiento paulatino de él. Curiosamente, no manifestó nunca el menor desvío hacia el otro sexo. Me dijo que no había yacido con mujer y me inclino a creer que era cierto.

(Yo quería aprender el árabe dialectal del país para extender mi apostolado y predicar con el ejemplo, pero Buselham y mis demás catecúmenos conocían bien o mal el castellano y mis esfuerzos en memorizar palabras, saludos y frases no me permitían platicar con los indígenas. Tal vez a causa de ello, recurrí a los oficios de un sordomudo apandillado con los hippies del Zoco Chico a quien el Señor, en Su magnanimidad, había compensado el defecto con otras prendas de excelente trabazón y rigor.)

En mi recuento de los visitantes que acudieron a la Rue Molière a rezar las canónicas figuran: un tetuaní de recia complexión pero de mal carácter; un maleante que me robó el reloj, regalo de mi padre a mi ingreso en el noviciado; un uxdí, devoto del seminario de la calle de Dante, de grandes atributos y virtudes y buen narrador de su compleja vida afectiva, a quien dejé de ver después del cierre del local, cuando puso tierra por medio y escapó a Uxda (le divisé de lejos en la Plaza en 1976, vestido con el uniforme de los aspirantes a la gendarmería); el guardián de un balneario cerrado fuera de la temporada de baños, fuerte y piadoso, con quien compartía quif y ofrenda en el establecimiento vacío; un áscari cuyo capitán le pilló mientras intercambiábamos besos en las mejillas en público (saludo común entre los nativos pero que no suele extenderse al nesrani) y tuvo que inventar sobre la marcha una historia: ¡yo era el marido de su hermana!

(Mi mejor relación en el camino de perfección trazado por nuestro fundador fue con un asiduo del Zoco Chico, de buen aspecto y agradable trato. Aunque rezó el *pange linguam* conmigo, su pasión convergía en los mozos quinceañeros. Una vez llevó uno a mi piso y oraron los dos en mi lecho. Luego peregrinamos a Tetuán y Casablanca: allí pasé castamente la noche en el domicilio de su madre contiguo a la vieja muralla. Le gustaba la música de Um Kalzúm y me enseñó algunos versos de *Al Atlal*, su canción predilecta. La gloria perfecta consistía según él en escuchar la voz de su ídolo mientras fumaba quif con un muchacho imberbe: *¡hada al firdaus!* (¡éste es el paraíso!). También repetía una frase referente a su santidad, de difícil traducción castellana: *ila bghiti el heláua, dreb et-tiláua*. Casi veinte años después di casualmente con él, muy envejecido y con gafas, de vuelta, con la baraca, de una romería a Mulay Brahim.)

No recuerdo la fecha en la que vi por última vez a Buselham. Procuraba ayudarle a sostener a su familia: la madre y las hermanas menores inscritas en el colegio italiano. Me acompañó durante las visitas de Mohamed y Lajdar a su ciudad. Luego, conforme se espaciaban mis misiones de vicario apostólico, se perdió de una vez para siempre en la cruel selva humana de Tánger.

(Ésta es una hermosa moralidad y van en ella muy devotos entendimientos para personas contemplativas.)

Lajdar

Las numerosas fotos que conservo de él corresponden a lugares y momentos distintos: París (a fines del 66); Argelia (en 1967); Tánger (1968, 1969).

Apareció a mi vista, súbito como una teofanía, en el bulevar de Rochechouart: estaba sentado en un banco público frente al Elysée Montmartre, en el que yo solía asistir con Mohamed a las veladas dominicales de lucha libre, a veces en compañía de Jean Genet. Volvía del habitual recorrido de las capillas de mi predilección —los edículos conmemorativos del emperador Vespasiano, dispersos entre Stalingrad y Pigalle— y, si se me excusa la osadía de mi comparación, caí fulminado como Saulo en el camino de Tarso.

Lajdar era un jayán de mancuernados mostachos, rasgos duros y ojos de azabache, en los que parecía cobijar, como escribió mi esmerado copista, «la mirada implacable de un tigre». Charlaba con unos amigos y esperé pacientemente a que se despidiera de ellos para acercarme a él y proponerle un ejercicio meditativo en el cercano Square d'Anvers. Le manifesté mi devoción sin rodeos —menos temeroso de una reacción desabrida que de una negativa cortés— pero, con gran alborozo mío, aceptó de inmediato. *Je suis sans un sou*, me dijo. Fuimos a uno de mis albergues íntimos y disfruté de la gloria de aquel cuerpo que iba a ser objeto durante años, pese a las vicisitudes y zarandeos de la vida, de un culto de dulía acendrado: visiones turbadoras de su miembro erguido, hieratismo facial, manos grandes y bastas, de inocente brutalidad. La fijeza de sus ojos durante el escalo a la cima no permitía adivinar sentimiento alguno: sólo brillo, fiereza, inescrutabilidad. Le socorrí con largueza y nos citamos el día siguiente en el Square para entonar nuevas preces.

Lajdar se había alistado en el ejército francés durante la guerra de Argelia. No obstante su condición de harqueño, no había regularizado a tiempo el expediente de nacionalización y, como Mohamed, se hallaba en trámite de expulsión tras una leve condena por robo. No contaba con la asistencia de ningún letrado ni parecía advertir que el período de recurso al fallo había concluido. Como si presintiera la precariedad de nuestra devoción parisiense, le llevé a retratarse en un fototipo del cine Luxor de Barbès.

Le busqué un abogado, pero la justicia se me adelantó. Una tarde, al acudir al café en el que nos habíamos citado, un amigo suyo —un panadero de Berkán que exhibía de muestra, tarde y noche, su barra tiesa y amazacotada en las capillas del bulevar—, me comunicó que había sido pillado en una redada policial y transferido al centro de detención de la Cité. Intenté un aplazamiento de la ejecución de la sentencia mas no lo conseguí. No pude cosa sino encomendar al policía de guardia un bolso con una muda de ropa y una carta con las señas de la Obra.

La respuesta llegó desde su pueblo natal de Tenira, en el vilayato de Sidi Bel Abés. La misiva, dictada a todas luces en un árabe tosco y traducida a un francés barroco por un escritor público, evocaba «momentos exquisitos de placer inaudito», desgranaba un collar de floridas declaraciones de amor y concluía con un sorprendente —tratándose de mí— «beso sus hermosos ojos *negros*».

(Durante medio rosario de años, recibí numerosas variantes de este modelo epistolar, tanto de Francia como de Marruecos y Argelia. Las fórmulas, a menudo idénticas, parecían copiadas de algún manual popular de cartas de amor y amistad.

Cuando fui enviado a Nueva York a predicar con el ejemplo, recibí la visita de un colega norteamericano a quien había conocido en Tánger a través de amigos comunes. Su santo —un tetuaní que fingía con él la gran pasión y le había presentado a su supuesta hermana, en realidad una atractiva muchacha de la vida, a fin de introducirla en la villa que los dos compartían y acostarse a escondidas con ella—, le escribía cartas en un español fonético, que yo me esmeraba en traducir. Recuerdo sus hondos suspiros al trasladarle al inglés el «amor mío de mi vida» y otras frases por el estilo. Las misivas concluían siempre con acuciantes peticiones de ayuda. El norteamericano me preguntaba: *do you think he loves me so strongly as he affirms?* Yo me escabullía como podía o le engañaba piadosamente: me parecía cruel desencantarle de amor tan enardecido. En una ocasión le pidió mil dólares para el visado y el billete de avión Tánger-Nueva York. Yo sabía que le mentía —el visado era inaccesible a un hombre sin oficio ni otro beneficio que los giros postales de su «amor»— y, semanas después, el enamorado se presentó en la sede de la Misión con el alma partida: el tetuaní no había cumplido con sus promesas de viaje, había sufrido diversas catástrofes y exigía más pasta. Me dejó entre sollozos y no supe nada de él sino años más tarde: criaba malvas en algún cementerio tras la irrupción y el calvario del monstruo de las dos sílabas. ¡Dios tenga piedad de su alma!)

A comienzos del 67 me embarqué en el bimotor de Alicante a Orán. Lajdar me aguardaba en el aeropuerto: vestía una vieja chilaba y tenía las palmas de las manos teñidas con alheña. Yo le llevaba un buen surtido de ropa: camisas, pantalones, cazadoras, incluso alguna de aquellas corbatas que le gustaba lucir, con su rústica y personal elegancia. Fuimos al hotel Royal mas no pudo inscribirse en el registro de huéspedes: las autoridades le denegaban el documento nacional de identidad en razón del estigma de *harki* a sueldo de los franceses. La única solución, pactada con el conserje a cambio de una propina, consistía en permitirle subir a mi habitación antes del desayuno y orar con rapidez. Aunque el apremio y el maridaje furtivo tienen su aliciente, pronto me cansé del juego: busqué y encontré una casita de una planta, de estilo inconfundiblemente español, destartalada pero con un gran lecho. Allí pasé unos días con el futuro Tarik de la novela de mi aplicado y sagaz copista, colmado de tanta porfía junta, del fulgor e incandescencia de los credos y jaculatorias. A menudo he lamentado mi total incapacidad de dibujante o pintor: la imposibilidad de componer en una tela o cartón las decenas, centenares de esbozos que me inspiraba su estampa recia y curtida. Lajdar pulía y acrecentaba la pugnacidad de sus obras hasta convertirse en el instrumento, firme como un espolón de acero, de la santidad que yo predicaba.

Alquilé un 4L para viajar a su pueblo natal. Allí vivía su tío, ex combatiente del Ejército Nacional de Liberación, y a la sazón o desazón director de una «granja socialista» expropiada a algún colono. Nos acogió con cordialidad e invitó a un alcuzcuz con los demás varones de la familia. Luego me dio a entender que su sobrino no tenía futuro en Argelia: puesto que su madre era uxdía, ¿por qué no se buscaba la vida en Marruecos?

Emprendimos un largo periplo en autocar: la Biskra de Gide (con sus buganvillas y palmeras, aunque descaecida y mustia), Bu Saada (cuyo famoso barrio de casas llanas de las Ulad Nail acababa de ser demolido a piquetazos), Tugurt, Ghardaia, El Golea. Las emociones íntimas, estéticas, que me procuraba el recorrido del Sáhara en santa compañía tardaron años en decantarse pero fecundaron la escritura de mi *alter ego* a lo largo de la siguiente década. En El Golea, después de las preces canónicas, Lajdar salía del hotel a dar una vuelta y regresaba a medianoche con los ojos brillantes y el bigote enhiesto, como un gato feliz después de un fructuoso merodeo. El mozo de la recepción me reveló inocentemente el secreto: *pourquoi n'allez-vous pas au bordel avec votre ami?* Enfrentado a la verdad, Lajdar se sinceró conmigo. Como jamás he intentado emular en devoción con las beatas del otro sexo, le seguí la misma noche, tras las vísperas, al convento de monjas del oasis.

Recuerdo la amplia terraza al aire libre, con música y baile de las pupilas. Un travestido —el único que he visto a lo largo de mi apostolado en Argelia—, advirtió mi origen nesrani y se acercó a platicar conmigo en un francés amanerado: ¡había sido la novia de todo un señor coronel y mascota de una compañía de la legión! Lajdar me presentó a su preferida y, tras una serie de conciliábulos en árabe de los que apenas capté un par de palabras, nos acomodamos los tres en una celda austera con dos catres y una jofaina de agua. El Señor fue testigo de cuanto vi y obré. No sé si fue en El Golea en donde contraje el mal francés que me condecoró el cuerpo entero dos meses más tarde, durante una breve misión en Tunicia.

(¡Dios castiga justamente a Sus criaturas cuando se alejan del camino que Él traza!)

En 1968 —no puedo precisar la fecha exacta—, la carta dictada por Lajdar llevaba un sello con la figura de Hassan II. Según deduje de su lectura, el consulado marroquí en Tremecén le había concedido un salvoconducto y había cruzado con él la frontera para trasladarse al pueblo de su familia materna, en la carretera de Buarfa y Figuig. Cogí en cuanto pude un avión con destino a Uxda, me reuní con Lajdar en el aeropuerto cercano a la aldea natal de Mohamed y alquilé un taxi para ir a la suya. Allí pasé la noche, en una habitación diminuta, mientras él cumplía su débito con una muchacha tímida y reservada: su silenciosa mujer. Me acuerdo que toda la familia se congregó a mi alrededor cuando me afeitaba con la ayuda de un cuenco de agua y un espejo de bolsillo. Mi curiosidad por conocer a la recién casada y las circunstancias de la boda quedó insatisfecha. Nadie hablaba francés en la aldea fuera de las frases habituales de cortesía.

Volvimos a Uxda con el propósito de pasar allí unos días, pero la policía recabó la presencia de Lajdar en la recepción del hotel para llevarle a comisaría e interrogarle sobre los indicios de sus gracias secretas. Él negó la santidad de sus obras y le soltaron. El día siguiente, incomodado por las trabas administrativas al cumplimiento de mi misión, viajamos a Tánger. La sede de la Obra en la Rue Molière acogió a un nuevo huésped: hubo otro breve pero intenso período de dicha y fervor.

Medineábamos por la ciudad en la que mi insaciable colector de datos sitúa el marco de su putativa novela, diseñaba planos de los trayectos, anotaba los rótulos de las plazuelas y callejones. Mis viejos conocidos —colegas o no— parecían intimidados por la presencia de aquel mozallón bigotudo con pinta de gendarme o monitor del ejército. Mi guardaespaldas, siempre parco en palabras, predicaba con trabajos y ejemplos y, después de las preces de rigor, en prueba de su buena disposición a nuevos y meritorios ejercicios, mantenía enhiestas la guardia y el asta de la bandera. Varias instantáneas lo muestran en la calle o los restaurantes que frecuentábamos: moreno, fuerte, gallardo, de ojos nocturnos, ardientes como brasas.

Repetimos dos veces los *sursum corda* en el oratorio de Tánger. Entre homilía y sermón le compraba ropa y calzado para su numerosa familia, a la que procuraba mantener en la medida de mis medios. Le seguí enviando giros a su pueblo, como hacía con Mohamed, hasta que la voluntad del Señor me condujo a nuevas y absorbentes tareas. Con remordimientos de conciencia —mas, ¿cómo dar abasto al gran número de almas ardientes y ansiosas de curación?—, dejé de responder a sus cartas.

Abdalá

Natural de El Asnam, en Argelia. Cuando el Señor cruzó nuestros caminos llevaba años de residencia en Francia. Había vivido en Grenoble y mantenido una relación santa con el dueño de un cine. Hablaba a veces de él y de su hija, a quien el solícito padre se la ofreció virgen, pretendía, a fin de que «la ensanchara»: una bravata típicamente suya sobre las virtudes de su eficaz e infalible ganzúa. Como advertí desde el comienzo, tenía mucha trastienda: era aficionado al chalaneo pero, en vista de mi firmeza, acabó por adoptar una conducta de mayor corrección. Nuestras preces conjuntas, de ordinario imprevistas, se prolongaron así más de quince años.

Le hallé una noche de 1966 en el oratorio frontero al cine, hoy desaparecido, Palais de Rochechouart. Mostraba la magnitud y solidez de su clava en el puesto central del edículo y, vencido por la fuerza de su argumento, le invité a salir y ajustar el trato. Le propuse *imo pectore* una meditación compartida pero simuló escrúpulos de novicio, fingió desconocer mis propósitos, pidió dinero por adelantado hasta que me cansé y le dejé. Días después, fue él quien corrió a mi encuentro: nos acodamos en la barra de un café-estanco de adictos al *tiercé* y, aunque veladas por la alcahuetería del pantalón, me probó la dureza y disposición de su miembro. Al toma y daca —mientras me restregaba el ariete aprovechando el apretujamiento de los clientes—, convinimos en corear las preces y poner su fervor a prueba.

Abdalá es un beréber de ojos azules —creo que el único en mi larga lista de socorridos a lo largo de mi apostolado—, rostro coriáceo, cuerpo nervudo y dotado por Dios, en Su infinita bondad, de un sagrario cuya mole, longitud y grosor he calibrado sólo cuatro o cinco veces en mi bienaventurada vida.

(Pensé en ella el día en que M. P., una feligresa adúltera, alegre y desenfadada, me refirió al amparo y secreto de confesión, su singular iniciación carismática: el desvirgador, un médico porteño, había sido agraciado por la naturaleza con un falo enorme. *Maintenant que j'en ai vu des centaines, de toutes les mesures possibles, je peux vous jurer que c'était le plus grand que j'ai jamais vu.* Repuesta de sus emociones, probó con otro: *son zizi était le plus petit* de su batalladora gesta en campos de pluma. Pero entonces, atormentada por la desproporción de sus únicos puntos de referencia, *j'étais devenue folle*, exclamaba, *je me retournais dans le lit des nuits entières en suppliant, mon Dieu!, où est la vérité?*)

Severo de líneas, ancha la copa y enjundioso el cáliz, Abdalá disfrutaba del esplendor de su cetro, disponía arteramente del mando, besaba con esa convicción privativa, según mi amigo Genet, de los santos norteafricanos. También se ocupaba de mi gloria, la avivaba, inducía a descubrir sus leyes secretas. Todo tenía un precio y lo regateaba: combinaba su arte cuestor y matrero con el zarandeo juguetón de su mejor atributo, la presión eficaz del bigote y las manos, el asedio de unos labios voraces, abiertos como una herida fresca. La astucia y piedad se integraban en el vasto arsenal de las armas que poseía. La reciedumbre de su virtud no flaqueaba ni se dejaba derrocar.

Aunque a veces nos citábamos los domingos y días festivos y me sometía con la seguridad de mi recompensa a la crudeza y dulzor de su enclavamiento, nunca quise amarrarme con sogas a su *bite* o bolardo. La mayoría de las veces daba con él en mis visitas a las capillas del bulevar de Rochechouart o al templo votivo de la Gare du Nord, cuando esgrimía el culebrón al aprecio de las Hermanas del Perpetuo Socorro: al verme, lo zambucaba en la bragueta en una torpe e ingenua tentativa de ocultar su obra de santo. Íbamos a alguno de los hoteles acomodaticios del Dix-huitième Arrondissement y, si yo me quedaba después en los parajes a leer o anotar mi breviario, lo divisaba de nuevo en las cercanías de algún edículo, presto a aliviar las necesidades de otra alma cuitada.

(En una ocasión fui a buscarle en coche a la residencia de albañiles y trabajadores de empresas de construcción en la que vivía y, camino de la ciudad, me hizo parar en un descampado y venerar a oscuras y de rodillas, como los cofrades de la Adoración Nocturna, su vara de apóstol.)

Nuestra relación piadosa, sobre la que invito a meditar a las almas atribuladas y afanosas de curación, se mantuvo no obstante numerosos y largos paréntesis: mis misiones en el Magreb y Norteamérica, en donde recibí más de una vez una carta con el tosco dibujo de su monumento y el géiser emisor de sus fuentes; algunas devociones particulares a diversos santos a las que me referiré en otros capítulos de estas vidas ejemplares. Pero, a la vuelta del tiempo, daba siempre con él y el fervor no cedía. A veces me escoltaba al baño moruno del bulevar Voltaire y, después de bienobrar conmigo, permanecía en él, con ardor insaciable, al acecho de nuevas aleluyas ricas en indulgencias.

A comienzos de los ochenta se sujetó a las normas de su piadosa secta: una vez tropecé casualmente con él y dijo que no podía acompañarme a causa del ramadán. Había ido de vacaciones a Argelia y contraído matrimonio por tercera vez (era viudo de su segunda esposa). Nos seguíamos viendo en mis santuarios predilectos. Él actuaba con maestría condigna al conocimiento de un cuerpo a lo largo de los años: nunca falló en la envergadura del mástil ni me defraudó en mis deseos. La irrupción del monstruo de las dos sílabas me forzó a mudar de vida y, aunque alzó el rigor de su templo en los lavabos de un café, no quise afrontar, con la prudencia que el Señor aconseja a sus almas, el riesgo de la plegaria en coro con un santo tan pródigo en obras como él. En 1984 regresó a su país y me mandó una carta con una solicitud de trabajo y novia para su hijo. Pero no recibí respuesta de él, años más tarde, en vísperas de un viaje pastoral a Argelia.

Como dicen los autores árabes de la vena contemplativa de Nefzaui, ¡Dios mantenga inquebrantable su fortaleza y haga feliz con ella a su esposa!

ZINEDÍN

Nos cruzamos una tarde por casualidad en el bulevar de Rochechouart y los dos moderamos el paso hasta detenernos e intercambiar saludos. Llevaba una gorra azul oscuro que le ocultaba la calvicie y, como para compensar con lo mondo del cráneo recio y poderoso, lucía un mostacho poblado y una cuidada barba con la que ajardinaba el mentón.

Nacido en Orán —almáciga de devotos famosos por su rigor y porfía—, residía en la metrópoli desde la niñez y vivía emparejado, un día sí y otro no, con una bretona con quien finalmente se casó. Su carácter era recto y afable: nunca le vi encolerizarse ni perder la compostura. Su afición al trago le dejaba a veces a la deriva: una tarde le avisté zigzagueando en el bulevar de mis delicias y le arrastré a un hotel en el que, en lugar de las habituales homilías, oficié de ángel custodio y le administré café y aspirinas. Corría mayo del 68 y expresaba su desdén a los manifestantes que insultaban al General: *des gonzesses*, decía, *des pauvres cons!* Con los años, ¡gracias sean dadas a Dios!, se quitó del alcohol.

Su rostro de rasgos enérgicos, el cráneo liso, el bigote y la barba negros componían una estampa de refinada dureza que contrastaba con la urbanidad de sus modales. Durante un tiempo rompió con su amiga y se instaló en un cuarto abuhardillado en las cercanías de la puerta de Clignancourt. Su ventanuco se divisaba desde la plaza, a la salida misma de la boca del metro, y los días en los que teníamos cita colgaba en él una prenda de ropa cualquiera para confirmarme que estaba en franquía y podía arrimarme a su puerto. No obstante de eso, una vez subí la escalera hasta lo alto y le encontré en preces con un francés. Me propuso un trisagio y, en vista de mi rechazo —sólo admitía trincas con mujeres o algún otro santo de mi devoción—, lo despidió sin contemplaciones y me quedé con él. El desdichado —mandadero de la gerencia del inmueble— había ido a cobrarle el alquiler y no pudo resistir a la tentación de palpar su abultada bragueta.

Zinedín poseía un miembro talludo —un verdadero tentetieso— al que denominaba afectuosamente su «diablo». El temple y solidez de su virtud le incluían entre los celadores más meritorios del Perpetuo Socorro. Solía auxiliarme dos o tres veces y luego permanecía tendido, con un brazo en torno a mis hombros, en fecundo y meditativo silencio. Hablaba poco de su vida en Argelia y observaba gran discreción tocante a la mía (nunca me ha gustado airear mi abnegada labor de aliviar los apuros de cuerpos y almas). Aceptaba mis donativos con naturalidad, como el gesto amistoso de alguien con mayores posibles que él. No recuerdo ahora su oficio o, por mejor decir, oficios, pues mudaba a menudo de ellos. Este período de ardorosa intimidad, sin exclusivas de una parte ni otra, concluyó a raíz de mis largas ausencias, cuando inicié las misiones evangélicas en California, Boston y Nueva York. De vuelta a París, al término de una de ellas, cogí la línea de metro a Porte de Clignancourt y caminé hasta su casa. Pero su nombre había sido borrado de la lista de inquilinos y la portera desconocía su paradero.

Nos encontramos otra vez por azar y me acompañó al hotel de la Rue Ramey que frecuenté muchos años gracias a la tercería interesada de su dueño, a quien sorprendí en más de una ocasión de fisgoneo, con el ojo pegado al agujero de la cerradura de mi cuarto. Zinedín vivía de nuevo con su compañera y proyectaba establecerse con ella en algún lugar de Bretaña. La última cita con él concluyó de forma abrupta. Su paisano Kitír, al que yo no daba señales de vida desde hacía tiempo, acechaba mi presencia apostado junto al hotel de todas las batallas y nos cortó el paso. Tuve que seguirle para evitar una pelea y dejé plantado (¡el Señor me perdone ésta y otras muchas culpas!) a mi viejo compañero de afanes.

(Meses después, recibí una postal de Brest. Zinedín se había casado y parecía feliz. Como la misiva no llevaba remite, no pude contestarle. Abrigo esperanzas de que Dios le conserve en vida y disfrute de una vejez tranquila: es uno de los mejores y más concienzudos santos a quienes prediqué aquellos años.)

KITÍR

La única foto que guardo de él no refleja bien su traza robusta y algo truculenta.

Argelino de la región de Tremecén, casado y padre de numerosa prole, tenía unas facciones de feriante gitano o dueño de una caseta de tiro al blanco. Era expansivo y propenso a la exageración si bien, como descubrí luego, su devoción a mi persona resultó auténtica y acompañada de unos sentimientos y celos que no se han repetido por fortuna en ninguno de mis colegas de misión.

(En la gama de emociones de mi caritativo apostolado ha habido a veces confianza y amistad, pragmatismo inherente al mero canje de servicios, casos de sumisión efímera y lúcida pero jamás de un amor que reservo para Dios y Su Divina Intercesora.)

Merodeábamos los dos junto a un sagrario público, muy concurrido de noche, bajo la estación de metro aéreo de Barbès-Rochechouart y me siguió a un hotel vecino al Square d'Anvers. En él batió el caldero y, de vuelta a la calle, tomamos una copa en el café, hoy desaparecido, en el que conocí a Mohamed.

(Todos los hitos y monumentos de mi vida contemplativa se han desvanecido como sueños o fueron suprimidos por cruel decisión administrativa durante la legislatura de —¡mil veces maldito sea!— Valéry Giscard d'Estaing.)

Allí, me arrastró inesperadamente, casi a la fuerza, a los lavabos del sótano y me sometió a una comunión ruda con la santa coacción y santa desvergüenza exhortadas por nuestro fundador. Tal vez por lo de *in vino veritas* —andaba algo achispado—, me dio las señas de su trabajo en una obra, en los bulevares exteriores de la orilla izquierda del Sena. Acudí a verle con la diligencia que aconsejaba el caso: llevaba el casco reglamentario de los albañiles y vestía un mono manchado de cal. Pasada su sorpresa y la alegría recíproca, me invitó a un té en su barraca y me presentó a los compañeros que también la habitaban como padrino de uno de sus hijos.

Desde entonces nos vimos con regularidad: almorzábamos los domingos en un restaurante, también desaparecido, en el cruce del bulevar de Rochechouart y la Rue de Clignancourt. En uno de esos ágapes con alcuzcuz y rosado de Provenza, dijo a su hermano menor —un hombre apuesto instalado en Francia con su esposa e hijos— que yo era su «amigo del alma», con quien compartía «cama y comida». El hermano no pareció inmutarse, ni siquiera cuando Kitír, al calor del vino, me invitó a visitar su pueblo, hospedarme en su casa y dormir con él en el lecho, *il n'y a pas de problème, seulement il faut faire attention pour ne pas laisser des traces*, exuberante y fanfarrón mientras se jactaba, mezclando capachos con berzas, de sus dudosas aventuras con francesas subyugadas por su virilidad.

Meses después —no pongo fechas porque se embruman y confunden en la atalaya de los años—, me asomé a verle en la residencia de trabajadores en la que posteriormente se alojaba. Conforme a sus decires, su vecino de litera, argelino como él, lo sorprendía a menudo erecto y se envolvía precavidamente con una manta, temeroso de que le violara durante el sueño. Cuando tuvo un accidente de trabajo (o ¿era una intervención quirúrgica?), fui a verle al hospital de la Rue de Vaugirard. Ocupaba una habitación individual y mi aparición súbita, me confió más tarde, le conquistó el corazón. Con su labia habitual, me refirió que la enfermera, al asearle, había admirado la grandeza de sus atributos: *votre femme doit être très heureuse avec vous, Monsieur!* Fuese verdad o faroleo —plausiblemente más lo último que lo primero—, me incitó a meter la mano entre las sábanas y la llevó al epicentro: ¡el alzamiento era glorioso y auténtico!

Con todo, su sentimentalismo y afán posesivo me incomodaban: mi magisterio se dirigía a todas las almas sin privilegiar a ninguna. Por ello dejé de verle varios domingos hasta la tarde en que me pilló con Zinedín a la entrada del templo de nuestra porfía. Me condujo del brazo a un café cercano y exigió entre sollozos que le devolviera las fotos que me había dado. Me escoltó hasta la sede local de la Obra y aguardó en la calle mientras yo buscaba y le traía sus recuerdos ya inútiles. Luego insistió en santificar la velada con unas preces. El fervor de nuestros cirios votivos se derritió y transmutó en lagunejas de cera.

Nos vimos aún en nuestra vieja querencia —me contó que se había amigado con un francés responsable de las actividades artísticas y teatrales de su país en Argelia y me achacó la culpa de su infidelidad— hasta que sus encuentros se espaciaron y mi celo de apóstol creció en fecundidad y extensión a la busca de nuevos prodigios y santos.

Regresó a Tremecén a comienzos de los setenta y me envió sus señas. Yo había proyectado una visita *ad perpetuam rei memoriam* desde Marruecos mas, tras la

Marcha Verde y el enfrentamiento intermagrebí por el Sáhara, la frontera de los dos países se convirtió en valla. Cedí en el empeño y fijé el centro de mis actividades en la Medina de tantas almas necesitadas de ayuda y caldeo. No sé, a partir de entonces, nada de él. ¡Dios le mantenga en vida y acreciente la llama de sus deseos!

ABDELKADER

Una tarde desabrida y fría, con ráfagas intermitentes de nieve rápidamente fundida en el fango y alquitrán del bulevar de Rochechouart, me refugié en la entrada del cine Trianon, punto de cita de numerosos inmigrados norteafricanos, frente a una de mis estaciones favoritas de devoción y recogimiento. Entre la media docena de magrebís que examinaban las fotogramas expuestas en el vestíbulo, advertí la presencia de uno, corpulento y malencarado, que tras larga espera contemplativa del bulevar semidesierto, corrió de un tirón a la capilla de mis jubileos y desapareció en su interior. Le imité al punto y ocupé el puesto libre, contiguo al centro de la vespasiana, para espiar a mis anchas el zangoloteo de una tranca que por su solidez y volumen nada tenía que envidiar a la de Abdalá. Él proseguía su manipulatio demostrativa, absorto e indiferente como un ídolo yucateco y no movió un músculo del rostro cuando adelanté mi mano incrédula al *sancta sanctorum* a fin de comprobar, como el apóstol Tomás, la tangibilidad del milagro. «Ven al hotel conmigo», le dije. Él se abotonó el braguetón y me siguió sin decir palabra.

Abdelkader tenía entonces una treintena de años y trabajaba en la Sociedad Nacional de Ferrocarriles Franceses. Había perdido dos dedos de la mano izquierda en un accidente laboral y sus muñones, como brotes truncos añadían una nota de aguijadora crudeza a su estampa de obrero curtido y áspero. Por una razón que ignoro, nuestro primer encuentro revistió un carácter excepcional: no quiso coyundar y ofreció una y otra vez su magnificencia a la beatitud de mis labios. También se resistió a aceptar mi diezmo y lo guardó al fin tras hacerse rogar.

Como nuestro nexo duró, aunque con pausas involuntarias e interrupciones misioneras, un buen número de años, pude observar con holgura su paulatina y meritoria ascensión al núcleo superior de la santidad. Después de una visita a los suyos (creo que tenía esposa e hijos, pero no hablaba nunca de ellos), obtuvo su jubilación anticipada e indemnización por incapacidad parcial y se consagró a la contemplación meditativa en los urinarios públicos hasta ganarse a pulso un doctorado *honoris causa* en los de la Gare du Nord. Abdelkader fue un macero de gran clase, cuya competencia y virtuosismo acrecentaron de año en año. Alcanzó la sabiduría tomista en el conocimiento de las leyes ocultas del cuerpo: sus tormentos y goces, cimas y derrumbaderos.

Vivía de la diaria exhibición de su banderín para el enganche de reclutas: era su útil de trabajo, bastón de mando, generador y dador de placer y energías. Su virtud brotaba en cauce manso y ancho. Nunca le vi mostrar cansancio ni abatimiento: si interrumpía la partida, lo hacía a ruegos del enclavado, del venturoso imitador de Cristo en la Cruz. A veces, se emparejaba temporalmente con algún incauto: primero, con un martiniqués a quien yo conocía de vista por su abejeo devoto en las catacumbas del cine Luxor, y aprovechaba su ausencia del piso para arrechar recio en una cama matrimonial con cojines rosas, muñecas y adornos de ese inconfundible sello Pronuptia de las revistas del corazón; luego, con un joven profesor de francés del que hablaré más tarde.

De ordinario, pernoctaba *in oratione* en los hoteles de la zona de Pigalle, Anvers y el Sacré Coeur, en los que yo me colaba con él durante el sueño del portero. El grosor de su mango parecía superior al gálibo de los túneles y arcos más transitados. Pero el empeño paciente y una lubricación adecuada obraban portentos. Abdelkader aprendió a jugar con los dedos arracimados en las áreas sensibles y eréctiles, combinando el imperio de la fuerza con la destreza y la suavidad.

Le seguí en sus mudanzas a la calle de Marx Dormoy: al cuartucho de un hotel de argelinos y a otro, junto a la estación de metro epónima, a cuya habitación se accedía por una escalerilla trasera, evitando el gentío ruidoso que atestaba el café. Nuestros encuentros, casi siempre casuales, concluían en aquella celda monacal sin agua corriente en la que recibía a sus devotos. Aunque supe que, para castigar la avaricia, la había emprendido a bofetadas con un oblato en la casa de citas de Madeleine —una vez quise entrar con él a rezar unos salmos, pero Madame le echó en cara su mala conducta y le negó la entrada al edén—, lo cierto es que siempre se comportó bien conmigo. Me dijo que era uno de los tres o cuatro colegas de oración preferidos y su complicidad de camarada de armas me induce a creer que era cierto. No obstante su profesionalismo y afición a experiencias de geometría variable, el amor compartido a los misterios de gozo y dolor se prolongó años y años.

Los servicios de consolador de aflicciones y cuitas diversos afinaron sus naturales dotes de garañón y extendieron (¡alabado sea el Señor!) el ámbito de sus obras caritativas. Un día, después de la trabazón en el catre, me brindó el amargor y calidez de su manga de riego. Otro, en el que me sorprendió en los proemios de la evangelización de un feligrés mío —un harqueño que hablaba tanto el francés como el árabe con un inimitable acento campesino y lucía, como el rufián de Areúsa en *La Celestina*, un rostro surcado de chirlos y costurones—, nos invitó a los dos a su santuario y comulgué simultáneamente y por turno con ambos, mientras Abdelkader azuzaba y enardecía la fiereza del propio y ajeno deleite con jaculatorias y citas de mi breviario. (Según me contó después el *miles gloriosus*, le condujo otra vez al domicilio de un nesrani anciano con quien había fijado de antemano el precio de su tercería y de los celestiales favores prestados.)

A principios de los ochenta, se amigó con un joven profesor de francés, que pretendía catequizar, al parecer, a los iranís fugitivos de la Revolución. El aprendiz de misionero le había fotografiado con el as de bastos y los compañones ceñidos con una argolla de cuero y presto a encajar la clava en un tunecino tumbado de bruces. También me mostró el látigo con el que disciplinaba a uno de sus fervorosos clientes, ávido de penitencia y mortificación. *C'est un vieux con*, decía, *mais j'aime lui faire plaisir*. En los círculos más extremos de la santidad neoyorquina su ascensión hubiera sido fulgurante. No he conocido a ningún virtuoso tan entregado como él a los ritos de humillación de la carne y otros actos laudables de expiación.

Compartí aún sus lecturas del Eucologio sin presentir la catástrofe en cierne. Una vez me invitó a cenar a la casa de un francés ausente con un compatriota bigotudo, asiduo de los lavabos de la estación —o de la estación espiritual de los lavabos—, para que sirviera el aperitivo mientras él guisaba. El aperitivo no funcionó

—el párvulo no se le enderezaba— y Abdelkader subsanó el fallo en el dispositivo de acogida al tiempo que injuriaba al remiso y remataba en la ducha sus artes de oficiante en ritos de cauterio y lenificación.

El sida acabó con estas unciones. En 1993, en el curso de mis misiones en Puerto Rico y Manhattan, pude comprobar *de visu* el pánico y mortandad causadas por la pandemia. Resolví, con la ayuda del Señor, moderar mis fervores y el ardor de las visitas a las capillas de los beatos. Vi a Abdelkader en una de ellas, en medio de los *obscena observandi cupidus* y le previne del riesgo, que él conocía ya de oídas. Quiso no obstante meditar conmigo y, apremiado por lo imperativo de su argumento, acepté seguirle a la *cella intima* de una *pornoshop* en donde, con celo y tenacidad de alfarero, moldeé su rigor columnario hasta nuestra satisfacción conjuntada. Pagué el finiquito y no le he vuelto a ver.

¡Dios en Su infinita sabiduría y bondad, le libre también, como a mí, del indecible horror de la plaga!

AHMED Y OMAR

No he descrito aún la liturgia del hormigueo y tejemaneje diarios, más intensa conforme avanzaba la tarde y se aproximaba la hora de cierre, de los lavabos de la Gare du Nord. Su feligresía se componía, en su mayoría, de almas sedientas, ansiosas de impregnarse y saturarse de los frutos de la virtud, y de mozallones de surco y forja, apostados allí horas y horas —con pausas y paseos por las galerías subterráneas del metro y andenes de la estación—, mientras lucían herramientas manuales de todos los tamaños a la contemplación meditativa de los simples y despreciados mirones o de los llamados como yo a las Vías de la Santidad. Quienes venían a satisfacer necesidades vulgares salían aprisa y corriendo, no sé si santiguándose, de aquel delicioso antro de devoción.

No solía demorarme allí: de ordinario, daba con algún conocido y, tras un simple guiño, él escondía su utensilio en el pantalón y nos encaminábamos a alguno de los hoteles del distrito decimoctavo, la acogedora patria de mi celo apostólico; otras, pasaba revista, como un oficial, a la alineación de quintos presentando armas. Aguardaba hasta encontrar un hueco junto al más garrido o al que mayor inflamación espiritual mostraba y, si él respondía a mi *dominus vobiscum*, subíamos a los andenes y, con la santa desvergüenza que aconseja nuestro fundador, ofrecía cobijo seguro a sus ansias. Con unas pocas excepciones (Abdalá, Abdelkader y algún otro cuyo nombre no recuerdo), evitaba a los puntales del lugar y prefería aventurarme en la *terra incognita* de los primerizos.

Ahmed era uno de esos visitantes episódicos: su rostro de centurión y la llama de su cirio votivo correspondían al Código de la Santidad y el encuentro fue fructuoso para ambos. Merced a los favores de mi intervención, la rigidez de su ambleo se convirtió en una manifestación reglada, bruñida, reciamente suave de caridad. En la charla de sobrecama —¡sin café ni azucarillos!— me dijo que vivía en una residencia de trabajadores de Levallois y me invitó a visitarla cuanto me apeteciera al cabo de sus horas de trabajo. Anoté las señas y acudí a verle: llamé al número de su puerta, pero me abrió otro. «¿Eres tú el español?», me preguntó en árabe. Dije que sí y mientras preparaba el té en su cuchitril de cuatro literas (tres hechas y una que servía de maletero), se presentó a sí mismo (se llamaba Omar) y me propuso reemplazar a su amigo en las preces (yo había advertido ya sus buenas disposiciones momentos antes). Lo inesperado de la oferta me tentaba: mas, ¿no corría el riesgo de que Ahmed nos sorprendiera? «Somos hermanos», me tranquilizó, «lo compartimos todo». Nos desvestimos de cintura abajo y oficiamos en una de las literas inferiores. Omar no era tan buen mozo como su paisano pero cumplía limpia y eficazmente. En vista de que Ahmed se retrasaba y yo debía recogerme a la sede de la Obra, me sugirió que volviera el domingo por la mañana a meditar y almorzar con ellos. En tanto que uno iría al mercado, el otro me asistiría. Luego, a los postres, cambiaría de oráculo: cada uno a lo suyo y Dios con todos.

Así lo hicimos unas cuantas semanas con la bendición del Señor. Ahmed y Omar se conducían cordialmente conmigo, bromeaban en árabe dialectal, se divertían en fijar turno a nuestra unión gallarda y a sus respectivos servicios. A veces, después de las plegarias, recibían la visita de otros compatriotas y yo me sentía a mis anchas en su oratorio atestado y lleno de humo, inmerso en una atmósfera propicia a la contemplación de los divinos misterios —*et in meditatione mea exardescit ignis*—, ligado a mis socios en empeños de edificación y virtud con unos vínculos imposibles de imaginar siquiera en mi país, no sólo cicatero sino hostil, desde las primeras crónicas del mártir San Pelayo, a estas altas obras de santidad. Mis misiones con los hijos de la antigua Numidia de San Agustín y de la Mauritania Tingitana se enriquecieron y perfeccionaron a partir del día en que no tuve que recurrir a la lingua franca para comunicar con ellos: nos movíamos en un ámbito común en el que mi acendrada vocación y la asidua lectura del *Kempis* moderno propiciaban mi laboreo de pastor, la gracia y sencillez del apostolado directo.

La relación con Ahmed y Omar, obreros de la vecina fábrica de automóviles de Levallois, abarca dos años completos. Por obra de ella, descubrí las duras y azarosas condiciones de vida en los hogares de trabajadores inmigrados: su hacinamiento y promiscuidad; el rastreo regular, de puerta en puerta, de mujeres de su tierra y francesas entradas en años; las primeras apariciones de proselitistas barbudos y de gorro blanco, con ejemplares del Corán y libros piadosos de su secta (¡Dios ilumine sus almas y las encarrile a la Verdad de la Iglesia Católica, Apostólica y Romana!).

Le había enviado una foto mía en la sede de la Obra en Ann Harbor, en donde prediqué el verano de 1977, y a mi regreso, la hallé pegada en la pared de su cuarto, junto a las de Um Kaltúm y del rey de Marruecos. Restablecimos la liturgia dominical: compra, almuerzo, café, intercalados de devociones y preces. Luego conocí a Alí y cambié de país de misión. Según supe más tarde, Ahmed regresó a su pueblo y Omar, ascendido a capataz por sus leales servicios a la empresa en calidad de rompehuelgas, vivía en Clichy. Un día intenté verles, pero el portero del hogar me detuvo. Tras compulsar sus nombres y apellidos, me comunicó que no figuraban en el registro de pensionarios.

Los B. S.

He recorrido en varias ocasiones, como mandatario de la Obra y con fines de testimonio, el país de los B.S., la región fronteriza que procuró centenares de obreros a la economía francesa en el período de bonanza de los sesenta. Los inmigrados, acogidos con los brazos abiertos por patronos y capataces de empresas constructoras y fábricas, recibían entonces su documentación en regla, con la mención honorífica de «residente privilegiado» (¡yo sólo disponía de una tarjeta de residente de lo más «ordinaria»!).

El barrio de la Goutte d'Or era un vivero de B. S. y argelinos de los vilayatos cercanos de Tremecén y Orán. Allí se reunían después del trabajo y en los días festivos a charlar, intercambiar noticias, jugar a las cartas y escuchar a los músicos de su tierra. Primero con Mohamed y luego con otros paisanos suyos, me aclimaté, imbuido de mi espíritu de misión, en los cafés de la Rue Polonceau, Rue de la Charbonnière, Rue Stéphenson, en donde los B. S. se movían como en su casa. Fui, conforme al ejemplo de San Juan de Barbès-Rochechouart, escritor público de algunos y colega de otros. Su receptividad a mis santas industrias y su natural inclinación a consolar a las almas atribuladas con esa «maza de acero poderoso, envuelta en funda acolchada» de que nos habla el fundador se mezclan en mi recuerdo con los sones de la música oranesa y uxdía y la voz de su compatriota, el apuesto jeque Abdalá.

Con Mohamed y Lajdar visité más tarde las poblaciones y aldeas de su tierra y la capital provincial. Según descubrí a medida que mejoraba mi conocimiento del árabe, el dialecto de los B. S. se arrima más al de sus vecinos argelinos que al de los marroquíes del oeste y del sur. También su estampa (altura, carencia de vello compensado con el fulgor del mostacho, buena trabazón y solidez de sus miembros) y atuendo (turbante amarillo, textura y corte de la chilaba) se distinguen de los de otras regiones del reino. El frecuente contacto con Europa (Francia, Bélgica, Holanda) mitigaba lo agreste de sus costumbres sin atentar a su fiereza nativa. Ignoro con cuántos B. S. emulé en porfía: seguramente más de una veintena. Mi piadosa impaciencia (inspirada sin duda por toques del Paráclito) producía sus frutos: a la estrechez y sequedad de los sentidos, sucedían las prontas y dilatadas expansiones del alma ardorosa y arrebatada.

(No sé si pertenecían a la tribu dos jayanes inolvidables, impresos *ad vitam* en mi santoral, a los que saqué de apuros y sosegué fervores en mis visitas pastorales y de adoración nocturna a lo largo de los bulevares: un gigante membrudo, de bigote áspero, a quien consagré mis preces en un hotel de la Rue de Clignancourt, en un modesto oratorio con cama matrimonial, bidé y lavabo. Me sujetó el cuello con sus manos anchas y preguntó muy serio: «¿No tienes miedo de que te trinque?» Le dije que sería martirio glorioso, imitación de Cristo y prueba definitiva de santidad, y rompió a reír. Luego de su vigoroso enclavamiento, me abrazó con fuerza y durmió hasta el alba. Pese a mis deseos de repetir y acrecentar los rezos con tal hacedor de milagros, no alcancé a localizarle en mis rastreos minuciosos de Barbès. Lo evoco en el tiempo con una deslumbrante teofanía. ¿Qué habrá sido de él?

El otro santo caminaba a solas, a una hora avanzada, en dirección a Stalingrad, y aceptó de inmediato la propuesta de rezar los maitines conmigo. Su ardor posesivo no tenía límites. No me dejó pegar ojo ni concedió tregua. El ruido del metro aéreo nos sacudió a los dos de mañana. Abandoné con tristeza el erial de las sábanas en la que fue capilla del *venite adoremus* y del *tantum ergo*. ¡Nunca entoné con tanta devoción y entrega las preces de mi Breviario!)

Mustafá era oriundo de Berkán: alto, robusto, de pecho gladiador sin vello y un rostro de trazos firmes que intento recomponer mentalmente sin el auxilio de su fotografía. Nos conocimos en la Gare du Nord aunque él no visitaba con regularidad los lavabos. Tampoco bebía ni fumaba. La inmediatez de más de un año me reveló su carácter afectuoso y sincero. No se reunía con sus compatriotas en los cafés de Barbès y, al amigarnos, establecimos un piadoso rito dominical: almorzábamos en un restaurante de alcuzcuz de la Rue Faubourg Saint Martin, coyundábamos en el hotel de la Rue Ramey, íbamos a las veladas de lucha del Elysée Montmartre. Alguna vez nos detuvimos a charlar con mi amigo Genet en el Café de los Pájaros —no sé si sanjuanistas o habaneros—, a la sombra de García Lorca y Severo Sarduy.

Yo fui su escriba y mentor en el laberinto burocrático del plan de reunificación de familias: había alquilado una habitación en un edificio semiarruinado a fin de solicitar nueva vivienda para sí y los suyos y, tras mucha brega, lo consiguió. Al cruzarme con Iblís,* interrumpí con brusquedad nuestra relación: cambié —*stultorum infinitus est numerus*— el prado limpio y sereno por un campo sembrado de ortigas y zarzas. Cuando volví a ver a Mustafá diez años después habíamos cambiado los dos. Él residía con su prole en una desangelada torre de apartamentos y yo había roto (¡alabado sea Nuestro Redentor!) con Sheitán. Me dijo que iba a viajar a su tierra en un automóvil de ocasión recién adquirido y se aconsejó conmigo respecto al trayecto a Almería y Málaga. La esposa e hijos asistían mudos a nuestra conversación. Yo era, según él, subdirector de su empresa constructora y todos contemplaban con respeto al supuesto patrón nesrani que se expresaba en árabe. No le he vuelto a ver y le deseo una larga y venturosa vida.

* Véanse pp. 84-85.

A Sáleh, originario de Tafuralt, le conocí en 1980. Era animoso y de buenas prendas. Se arrodillaba sobre mí en el lecho o litera a ras de brazos y vertía la enjundia del tronco mientras yo avivaba su devoción con el roce del mío en su bodega. Solíamos ir al concurrido templo de Madame Madeleine en la Rue Villa de Guelma y, más tarde, al hammam Voltaire. Como eludía la promiscuidad y el trato con otras almas ansiosas de su magisterio espiritual, seguimos con nuestras preces después de la cruel mortandad del virus de las dos sílabas. Alternaba ahíncos y arrobos entre él y Alí hasta el día en que la sociedad de obras públicas que le empleaba le envió a Arabia Saudí con otros albañiles de su tierra. Recibí postales suyas en el Apartado de Correos de la Obra, a las que respondí puntualmente. Por desdicha, se presentó un domingo, de improviso, en el alhama en donde oraba con mi turco. Pillado en flagrante delito de infidelidad, me excusé y le cité al día siguiente. Mas, como me temía, no se presentó. Luego supe que se había trasladado a Nancy con su familia venida de Marruecos.

Hace años que no veo a los B. S. pero sueño con ellos. Dios les ha dotado de las mejores cualidades físicas y espirituales que otorga a sus santos. ¿Cómo no creer en Su Bondad y Sabiduría infinitas tras haber visitado su bello país y gozado de la firme vocación de sus hijos en incontables jubileos y salmos?

ALÍ

Guiado por el amor a las obras caritativas y de socorro a los apurados, extendí mis obras de predicación a los turcos. Su llegada providencial a París a fines de los setenta fue una Revelación del Señor sobre la infinitud y variedad de Sus Vías.

Les avisté por primera vez desde una ventana del hotel de la Rue Ramey —en donde uno de mis santos había encendido en lumbre viva las brasas de virtud escondidas en el rescoldo de la tibieza—, conversando en grupo en la acera opuesta. ¿Quiénes eran aquellos mozos y hombrones bigotudos y en qué lengua se expresaban? Mis pensamientos volaron a las preciosas páginas de San Agustín sobre el lenguaje divino, la Palabra Fundadora que creó el universo: ese *Fiat lux* que luego modifiqué al comprobar que los forasteros habían venido a mis tierras de misión contratados por una filial de Volkswagen.

¿Cómo podía dirigirme a ellos si ignoraban del todo la lengua de Voltaire y de las Revelaciones marianas de Lourdes? Su altivez e inescrutabilidad me apocaban. Durante algunas semanas, me contenté con seguirles de vista mientras recorrían mis predios y se apandillaban en la avenida peatonal del bulevar de los bulevares. Compré un diccionario turco y traté de memorizar saludos y fórmulas de cortesía antes de adentrarme en saberes más substanciosos y prácticos.

Dios enderezó mi camino a la nueva especie de *hominis voluptarios*: de pastoreo en los lavabos de la Gare du Nord, descubrí a un *vir provocator* cuyos mostachos cuidadosamente enhestados en forma de manillar o enroscado látigo me descabalgaron de mi montura. Observé que se demoraba más de la cuenta y jugueteaba con su instrumento sin perder un ápice de su seriedad. Fingía no percatarse de mi veneración: prolongaba sus movimientos de subida y descenso, como absorto en la contemplación del hueco de loza y el agua que escurría hacia el sumidero. Le rocé con el codo e hice el gesto de que me siguiera. Ante mi arrobo y maravilla se abotonó y me escoltó.

El trayecto al oratorio de la Rue Ramey se cumplió en meditativo silencio: los *çok güzel, biyiklarini seviyorum, yaragin isterim* vendrían luego, conforme las prácticas piadosas se perfeccionaban y poníamos a prueba nuestro fervor y devoción recíprocos. Enardecido de ese amor al oficio bien hecho que Dios transmite a Sus mejores hijos, lubrificaba, pulía, alzaba su tronco hasta el remate ovalado perfecto. Conjugábamos el verbo *sikis* en todos sus modos y tiempos sin arredrarme ante la dificultad de los gerundios y participios. El batidero se repetía dos y tres veces y yo admiraba entre pausa y pausa la belleza llameante de mi montero: la fiereza de unos bigotes arrechos que se torcían y apuntaban como las bayonetas de un áscari hindú.

(¡Agradezco al Señor las horas fugaces de plenitud que generosamente nos concede *in hac lachrymarum valle!*)

Nuestra oración compartida duró muchos años. En este lapso, aprendí a navegar en su idioma sin que él mejorara en cambio su francés balbuciente y rústico. Había venido contratado por una empresa maderera y vivía en el corazón de los bosques de l'Île de France con un grupo de compatriotas, leñadores oriundos como él de la ciudad en la que descansan los restos de Xalal uddin Rumí, en el mausoleo erigido a su memoria. Esta circunstancia feliz —su alejamiento de la cives contaminada por la pandemia— fortaleció mi decisión de orar exclusivamente con él, en el sendero de las almas prudentes, cuidadosas de llegar a buen puerto de acuerdo con los preceptos de nuestro libro de cabecera («¡No dejes de meterte en todo sagrario cuando divises los muros y torres de las casas del Señor!»).

Con el viático y salvoconducto necesarios a la travesía del temporal —hecatombe cruel de tantos amigos incautos—, mantuvimos y prolongamos nuestras novenas en el hotel de la Rue Ramey, la casa de citas de Madeleine y el añorado alhama de incontables plegarias y arrobos. Allí, tras sus briosas embestidas y alanceamientos, vagábamos por los pasillos, frecuentados también por Severo Sarduy, Roland Barthes y el inevitable San Juan de Barbès-Rochechouart, al atisbo de las ergástulas en las que novias de dos rosarios de años acechaban con impaciencia la teofanía de algún maromo roblizo y de buenas prendas. El fulgor de mi amigo el jenízaro suscitaba envidia y temor. Él fue mi guardaespaldas y ángel custodio frente a las asechanzas del virus propagado en los ardores y humedades del baño y el recogimiento de las celdillas. Seguí con él hasta que el vigor de su complexión decayó, e instalado con su esposa e hijos en una aldea del Macizo Central, redujo sensiblemente mi parte alícuota.

(En los umbrales de una vejez como la que abatió el mástil de don Diego Fajardo, evoco a menudo el esplendor de este turco, captado en imágenes de *sui ipsius nudator*.)

Aquí concluyen las páginas corregidas por el autor de estas Vidas de santos y sus obras, *destinadas a provocar los lectores a devoción. En el manuscrito original, preciosamente conservado en la Fundación Romana Latínitas, figuran unos apuntes y notas que reproducimos a continuación.*

«Mahmud, el paquistaní. Un gigante de músculos bien trabados y vasto pecho cubierto de breña. Había trabajado en Libia y chapurreaba el inglés y el árabe. Hombre de grandes méritos, cuyo fervor fue cauterio de sufrimientos y llagas de numerosas almas cuitadas y ansiosas de curación.»

«Erol, chófer de taxi en el aeropuerto de Esmirna. Robusto, bigotón, tocado con una gorra blanca. Propuso sus servicios en el trayecto y nos desviamos a una zona oscura en donde detuvo el vehículo y se desabotonó el pantalón. Fueron momentos de gloria, que repetí durante ésta y otras visitas a Éfeso, la villa apostólica en la que predicó y sufrió cautiverio San Pablo de Tarso...»

«Paseo nocturno en calesa por las calles de Luxor. Maniobré en el pescante, sentado junto al cochero. Había extendido una manta encubridora sobre nuestras rodillas y prosiguió sin inmutarse con sus idas y vueltas por avenidas escasamente iluminadas y desiertas mientras yo avivaba su pájaro bravo y difícil de amansar con la tenacidad de mi mano de santo. El episodio, el trote alegre del caballo, me trajo a las mientes un breve y famoso pasaje de *Madame Bovary*. ¿Tuvo acaso Flaubert en Egipto una experiencia semejante a la mía?»

Capítulo III

INTROITO A DESTIEMPO

A ti, discreto lector, van dirigidas esas páginas penetrantes, esas experiencias personales de devoción acerba y dura. Medita en esas vidas de santos y en las múltiples vías de acceso a la interior morada hasta impregnarte de su sabrosa enjundia.

Imita al Enclavado en la Cruz. Ábrete como los surcos de la besana al instrumento de templado acero que permitirá el riego, lozanía y cosecha de milagrosos frutos. Detrás de cada semblanza hay un santo que asiste a tus tribulaciones, ansiedades y cuitas, dispuesto a remediarlas con la fuerza de su cauterio. Pídele reciedumbre y tesón, arrímate a los buenos, acata su acción lenitiva. No des un paso atrás: imita con santa desvergüenza los ejemplos que aquí se prodigan y asciende a los más altos y especulativos misterios.

En la primavera de 1962, tras un fructuoso período de recogimiento en la Casa de la Obra en Roma —en donde frecuenté al futuro arzobispo de Viena y otras almas de incansable celo que, por haber sufrido acá de injusta persecución, suyo será el reino de los cielos—, la dirección vaticana me encomendó una silenciosa y operativa misión en la Madre Patria. Llegué a Barcelona con el traje talar y solideo de archimandrita, sin otra compañía que la de un fámulo filipino, discreto asistente en mis tareas domésticas. A través de amistades comunes, tuve la buena fortuna de conocer al poeta Jaime Gil de Biedma, colega de inmensa cultura y curiosidad insaciable, cuya vasta mansión del Ensanche y apartamento privado en un sótano de la parte alta de Muntaner visité con frecuencia. (Me recibió en una ocasión con los cadetes de un buque escuela de la Marina griega e hizo circular después una anécdota que no refleja sino a medias la verdad.)

Aunque le escoltaba en sus rambleos —rondas, escuchas y velas—, prefería platicar con él en el silencio y quietud de la biblioteca. Conservaba, entre otros manuscritos e incunables de gran valor, un ejemplar de mi obra impreso en Amberes en 1573. Quería sonsacarme nuevos datos acerca de la vida de Diego Fajardo, a quien Sus Católicas Majestades habían premiado los leales servicios a su causa con la concesión vitalicia de las rentas de varias mancebías, en las que ejerció su apostolado de acuerdo a la máxima *occasionem arripere*. El poeta estaba convencido —y no hubo manera de descabalgarle de esa certidumbre bien asentada— de que algunas de las malignas y zahirientes *Coplas del Provincial* aludían a mi santidad. Le gustaba recitar aquella de

> *A ti, Fray Diego de Llanos,*
> *puto mal quisto de gente,*
> *de linaje de villanos,*
> *de sangre lluvia doliente,*
> *di a tu hermano, por mi amor,*
> *que castigue su trasero*
> *de tanto puto palmero*
> *como trae alrededor*

ante un auditorio compuesto del editor Jaime Salinas y otros piadosos cofrades. También se interesaba por otras etapas de mi vida anterior: mis nexos con el conde de Villamediana y el origen libresco de los versos de Quevedo en su feroz arremetida a Góngora.

Yo guardaba siempre conmigo un ejemplar del *Kempis* de los tiempos modernos y meditábamos en el hondo sentido de algunas de mis máximas favoritas («tu deber es ser instrumento... grande o chico, delicado o tosco... ¡Sé instrumento!» o «—Duele, ¿eh? —¡Claro, hombre!, por eso precisamente te han dado ahí»), por ser obra meritoria y acreedora de grandes mercedes. También recitábamos el *inter medium montem pertransibu penis* y otras jaculatorias ricas en indulgencias. El círculo de devotos reunido en torno a Gil de Biedma era único en la indigente España de la época: fue almáciga de vocaciones y talentos, cuyos frutos se manifestaron más tarde.

Yo ansiaba predicar en tierras propicias a mi apostolado y descubrir tesoros de santidad oculta: el fulcro capaz de levantar pesas y descargar culpas con la anchura y vigor de su virtud robliza. El poeta, tras comprobar mi sequedad y desarrimo al laboreo de las zonas en que él acendraba sus naturales dones de santo, me aconsejó que siguiera el ejemplo de su colega escritor Juan Goytisolo, cuya predicación con el ejemplo le había enhestado, según el rumor público, a las cimas de la perfección. Aunque luego lamenté su fisgoneo y tendencia a apropiarse a libro abierto de algunos capítulos de mi dietario, aprendí mucho de los dichos y hechos de su misión. Él me guió a las capillas en donde encontré a mis catecúmenos más fervientes y creo que merece ser proclamado, como propuso Severo Sarduy a petición de las Hermanas del Perpetuo Socorro, San Juan de Barbès-Roche-chouart.

Aconsejo al lector de esta obra de devoción una meditación pausada en sus confidencias y ejemplos que le conduzca, por caminos abruptos y de esforzado mérito, a la gloria sabrosa y ardiente de los Escogidos.

Capítulo IV

EL MANUSCRITO II:
LAS SECRETAS MORADAS

1

La lectura de estas vidas de santos —escritas para meditación y recreo de las almas— no sería completa sin una descripción pormenorizada de los templos en los que aquellos ejercieron su apostolado: ¡varones de oración corta y acción larga conforme a la máxima de nuestro fundador, se desembarazaban en ellos del peso muerto, del lastre terreno, para alzar la majestad del cetro en llama viva del amor!

Las capillas que frecuentaban se extendían como una constelación brillante en el cielo oscuro de la ciudad. Desde Pigalle a la estación del metro aéreo de Stalingrad formaban una línea a veces quebrada y con pequeñas ramificaciones a cuyos sagrarios circulares, iluminados con luz tenue, acudían los devotos en busca de «inspiraciones santas» y cauterio espiritual.

Una luna de cartón o estrellas de bisutería pendían sobre los tejados de pizarra, los pilares y armazón sustentadores del metro, las arcadas bajo las que circulaban los expresos y trenes de la *banlieue*, los canales de aguas quietas y opacas: todo ese conjunto de elementos astutamente dispuestos como en un grabado escolar de lecciones de cosas. La mezquindad del alumbrado embellecía con un halo de misterio las fachadas agrietadas y ojerosas, los ocelos, legañas y miradas torvas de los edificios vetustos del París infiltrado por los cafetines y tugurios de los inmigrados, séptimo pilar y quinta columna de los designios secretos de Dios.

Por allí deambulaban, de oratorio en oratorio, las Hermanas del Perpetuo Socorro sin arredrarse ante el frío ni las inclemencias del tiempo, o aguardaban recogidas, con esa fe que el Señor concede a las criaturas que Él ama, la aparición súbita de algún santo (como dice nuestro *Kempis*, «¿no te alegra si descubres en tu camino por las calles de la urbe otro Sagrario?»).

Durante años fui testigo de inflamadas jaculatorias, actos de amor y desagravio, comuniones recias. Fiel al mandato imperativo de las obras de misión y apostolado, merodeaba tarde y noche en torno a las capillas, al acecho de las entradas y salidas, hasta dar con el amigo o desconocido listo para compartir las preces.

(Evoco ahora, en el discreto refugio de mi vejez, el rostro y los atributos de algunos santos que no mencioné en la primera parte de este libro:

Un montaraz pero sabio argelino, de labios voraces y feroz mostacho, cuyo túmulo de rigor adquiría una solemnidad columnaria. Con él, «el deseo tan grande de que 'esto' marche y se dilate» del que habla el fundador se convertía en sabrosa «impaciencia». Con gran destreza —mientras mordía, restregaba el bigote y apretujaba con encono las zonas erógenas del aspirante a sus gracias—, encajaba el instrumento, dejaba poso, transmutaba el dolor en suspirada gloria. Lo encontraba a menudo en los edículos del bulevar de Rochechouart cercanos a la boca del metro de Anvers. A él se ajustan como anillo episcopal a dedo oblato estos dos consejos: «produce con tu ejemplo y tu palabra, un primer círculo, y éste otro, y otro, y otro, cada vez más ancho» y «el deseo no será inútil si lo desfogamos en coacciones con santa desvergüenza». Saíd Lunes —así se llamaba— favorecía también con sus celestiales dones a San Juan de Barbès-Rochechouart. Su inagotable celo fue bálsamo y lubricante de ambos.

Un mecánico cuyo cuello robusto, nuez prominente y orejas bulbosas, como caracolas o flores carnívoras, me recuerdan ahora las de mi amigo luchador de Esmirna. Era el consolador de las beatas de la Adoración Nocturna. Vivía en un tabuco del barrio de Stalingrad en el que arrechaba y ofrecía aún su pócima amarga a todas las almas cuitadas con un incansable afán de proselitismo.

Dominus dabit verbum evangelizantibus virtute multa.)
El París meteco, vuelto de espaldas al grandioso museo de la Ciudad de las Luces, acogió hospitalariamente mi callejeo contemplativo. En alguno de sus hoteles se hospedó Genet en el intermedio de sus viajes a los campos de refugiados en Jordania y el Líbano. Fuera de él y de mi aplicado escribano, no tropecé nunca con algún conocido en aquel Vaticano extraterritorial. Los edículos de triple compartimento y techo de vidrio —en los que algunos devotos puntillosos depositaban panes para consumirlos con unción, irrigados por la virtud de los usuarios— fueron objeto de una sentencia de muerte cruel y arbitraria. Infinitas ocasiones de piedad para apóstoles de talla y enjundia desaparecieron de golpe sin que las Hermanas del Perpetuo Socorro pudieran organizar siquiera procesiones y exequias como

las del urinario de la Rambla inmortalizado en el *Diario del ladrón*. ¡Ojalá vea arder a los responsables de tal fechoría —Giscard, Chirac y todos los de su bando— en las llamas del séptimo y más horrendo círculo de los condenados a la gehena! Nunca me consolaré de su bárbara desaparición.

2

Según cuenta el San Juan de Barbès a sus fervientes pero escasos discípulos, recibió un buen día en su apartamento la visita de un joven de ojos grises, rubio y esbelto, cuyo aspecto angélico, de mensajero de fortunas o desgracias le impresionó. Había venido a ofrecerle dos fotos de Genet, sentado en un banco público de un jardín de Rabat, tomadas unos días antes de su fallecimiento. «Sé que era muy amigo de usted, y se las traigo de recuerdo.» Mientras él se deshacía en palabras de agradecimiento, el arcángel le habló de Roland Barthes, a quien había retratado también, casualmente, en vísperas de su fatal atropello. Mi pendolista observaba algo inquieto al joven, envuelto en su nimbo de luz intrínseca, y la inquietud se transformó en pánico cuando, con suavidad y dulzura, añadió: «Hoy he venido a fotografiarle a usted.» Un NO estentóreo retumbó en la casa. Fuese el ángel y con él el enigma: el aroma celeste de su aparición se demoró no obstante y el San Juan de Barbès tuvo que abrir la ventana del balcón y airear el apartamento aunque era invierno y un viento racheado agitaba infinitos remolinos de nieve sobre París y sus buhardillas.

Conocí al semiólogo en el cine Luxor, tabernáculo de suma santidad y cobijo de mi predicación apostólica. Los devotos que acudían al templo no salían jamás defraudados. Como dice nuestro infalible guía de caminantes, «¡qué gallardía en los frutos!, ¡qué madurez en las obras!» La acción era intensa, especialmente en los *festi dies ludorum*. Los santos mostraban una disponibilidad a toda prueba tanto en los pisos superiores —en donde la enclavaban sin rebozo, a palo seco, en el apretujamiento y confusión de los pasillos— como en los lavabos del sótano —verdadera colmena de abejas hacendosas y zánganos de quita y pon, de aguijón siempre dispuesto a la elongación y el enganche—. Las Actas de los Apóstoles no bastarían a dar cuenta de la incesante repetición de hechos meritorios e incontables prodigios de la industria humana. Allí los gayos del gay saber lucían a sus anchas sus distintivas gayas: una andaluza, ya no lozana, con bata de lunares y peineta; una mulata neoyorquina, «con el culo en pompa», según la frase acuñada por Jaime. R. B. vagaba por los santos lugares con discreto celo: venía, veía y triunfaba como el César, saludando con una leve inclinación de cabeza a los representantes del gremio adictos a este Parnaso de plumero y pluma.

A su muerte (¡el Señor lo acoja misericordiosamente a Su vera!), un amigo común me transmitió unos párrafos de su dietario en los que anotaba sus visitas a aquella peculiar Meca del cine con una perseverancia que mostraba a las claras su madera de santo. Las copio tal como las recibí, para edificación de nuestros hermanos de apostolado.

Fragments du Journal du Sémiologue

Samedi 20. Après déjeuner avec F. et Sévero j'ai pris le métro jusqu'à Barbès. Cinéma plein à craquer. Grande activité dans les sièges du deuxième balcon et le sous-sol. Some drag queens. Deux fois.

Mercredi 31. Joli scandale dans le parterre. Une des oeuvreuses a pointé sa lampe de poche sur une Soeur à genoux entre les jambes d'un Noir. «J'en ai assez de vous voir traîner par terre», etc. La Soeur, pas du tout intimidée: «Ce n'est pas la qualité de vos films ce qui m'amène ici.» Le gérent est venu pour mettre un peu d'ordre.

18 Mai. Belle assamblée de mecs dans les lavabos. On se met d'accord, on rentre, on sort en vitesse. Par les bas des portes des cabinets on peut voir les pantalons qui tombent.

7 Juin. Encore le cinéma. Karate, Kung-fu. Double action: dans l'écran et dans la salle. J'ai retrouvé le drôle de lascar à la cicatrice.

Samedi 19. Descente de police. Les coqs et les poules ont dû quitter le poulailler en toute hâte.

Sans date. La déesse H. Cinéma Louxor. Deux fois. Je rentre épuisé.

También J. G. era un asiduo del *sancta sanctorum* en donde triunfaba a diario, resucitado como Lázaro, el eviterno Bruce Lee. A diferencia del Semiólogo, nos ha dejado una descripción —¡por una vez no inspirada en mis escritos!— de aquel alcázar de piedad en el que las Hermanas del Perpetuo Socorro acumulaban obras y cumplían metas ricas en indulgencias, emulando entre sí en el fervor de las preces canónigas. Si bien nos alejan un tanto de mi didascalia, reproduciré unos párrafos, de lo que me disculpo con los lectores de este manual de devoción.

«El Luxor era un auténtico palacio del cine, con su platea, anfiteatro y cazuela de precio único, y cuyo público abigarrado se interesaba sólo en parte en lo que acaecía en la pantalla: la verdadera trama transcurría para muchos en los lavabos del sótano y entresuelo, las filas superiores del mezzanine y la totalidad del gallinero. Los asiduos solían ser mayoritariamente inmigrados y una minoría fiel, heterogénea, de los que Fray Bugeo enhiesta a la categoría de beatas: desde una filipina teñida, con abanico y peineta, al semiólogo R. B. Algunos de estos clientes no se enteraban nunca del argumento de las películas, a veces de gran interés, exhibidas en la sala: su objetivo era otro. Cuando una audaz compatriota extendió sus actividades manuales al centro de la platea y fue pillada in flagranti por la lámpara de bolsillo de la acomodadora, respondió con aires de reina al empleado que la expulsaba: "¡Pues claro que vengo a eso, y no por la calidad de sus bodrios!"

Enfrentamientos sincronizados de bandas rivales, vuelos y saltos prodigiosos de los karatecas, eliminación uno por uno de los adversarios de acuerdo con una jerarquía piramidal desde la base a la cima: mis amigos magrebís disfrutaban tanto como yo. La sencillez temática de los filmes, con su neta distinción entre justos y malvados, les ayudaba a evadirse de un mundo en el que las fronteras borrosas entre explotadores y explotados velaban su percepción real de las causas de su exilio y alienación. Mientras yo verificaba el juego de reglas del género, ellos celebraban y aplaudían las previsibles hazañas del vencedor.

Pero, aunque de índole distinta, mi interés era auténtico y se entonaba con el de los inmigrados en cálida y fusional comunión. Todo género artístico engendra su propia parodia y la del kárate no tardó en llegar. Unos anarcos imbuidos del espíritu festivo de mayo del 68 adquirieron los derechos de un filme de Taiwán, modificaron a su gusto la banda sonora y se las ingeniaron para distribuirlo en el circuito de salas populares concurridas por norteafricanos. Su título, *La dialéctica* puede quebrar las piedras, remedaba al parecer un célebre dicho de Mao. El argumento pirateado era aproximadamente éste: una guerra sin cuartel opone a dos grupos de jóvenes, el de los burócratas y el de los libertarios. El jefe de este último —llamémosle Ling Pi— sale a combatir en solitario a una veintena de enemigos armados hasta las cejas. Su hermanita Miu quiere luchar con él, pero el héroe se lo impide: "Tu línea política errónea no te autoriza a venir conmigo. ¡Deja de leer de una vez los mamotretos de Marx y Lenin y embébete en la lectura de las Obras Completas de Sade!" La niña se aleja sollozando y se refugia en el hogar. "Por qué lloras, Miu?", pregunta solícito el padre. "Ling Pi no me ha permitido ir con él a liquidar a los burócratas. Dice que carezco de madurez política y, en vez de perder el tiempo con los clásicos comunistas, haría mejor en estudiar al marqués de Sade." "Pues tiene toda la razón, mi linda Miu. La lectura de *Los ciento veinte días de Sodoma* es mucho más instructiva para una niña que el muermo inacababable de Marx." La siguiente secuencia muestra a Ling Pi, en plena posesión de sus artes de karateca, mientras diezma a golpes de antebrazo certeros las filas de los burócratas: "¡Imbéciles, cesad de repetir como loros amaestrados los editoriales de *L'Humanité!*" El jefe rival: "¡Revisionista, traidor!" Ling Pi: "Ahora sabrás lo que es la fuerza de un discípulo de Nietzsche y Lou Andreas Salomé", etcétera.

La película, ocioso es decirlo, me entusiasmó. Pero encantó así mismo al resto de espectadores de la platea que, absortos en los miríficos lances del filme, no prestaban gran atención al tejemaneje de las Hermanas ni a la burla y alacridad del diálogo.»

El cine Luxor era una almáciga de beatos y santos difícil de olvidar. Su cierre inesperado —no sé si antes o después de la acometida del monstruo de las dos sílabas, ese «engendro de demonios coléricos y sedientos de linfa animal» del que habla bellamente Sarduy— fue un golpe del que ninguno de sus feligreses se ha repuesto aún. Cuando en una de mis ya raras asomadas al barrio diviso su fachada *art nouveau* ajada por el tiempo y la cruel indiferencia de los viandantes, el alma y cuanto cuelga se me encogen. Allí encontré sosiego a mis cuitas y procuré alivio a muchos *meritorii* de mingo y mango. Allí exhortaba a los catecúmenos a seguir las palabras de nuestro norte y breviario: «¿No ves que eres tan chico que solamente puedes ofrecer en tu vida esas pequeñas cruces?» Y ellos me escuchaban y pronto el dolor causado por la recia fortaleza del santo se transmutaba en venturosa paz.

3

Según nuestra Santa Iglesia Católica, Apostólica y Romana la existencia del infierno, y en consecuencia de Satán y su aguerrida legión de diablos, es una verdad maciza, incontrovertible, sostenida por la evidencia de numerosas encíclicas y resoluciones conciliares. Sólo los volterianos de empolvada peluca y liberales trasnochados a los que vitupera nuestro fundador se atreverían a negar hoy, a riesgo de quedar en ridículo, un axioma corroborado por los avances científicos más modernos. Uno de estos espíritus malignos, encarnado en la bella y sensual Salomé, tentó a Herodes Antipas hasta obtener la cabeza del Bautista y otro me sedujo a mí en los lavabos del cine Luxor.

Iblís era alto, moreno, forzudo, dotado de una musculatura digna de un campeón turco y de un tentetieso dispuesto a entrar siempre en liza. La mala fortuna me hizo dar con él en una sesión de tarde, cuando bajé al sótano a ejercer mi celo apostólico y lo hallé con los brazos en jarras, luciendo el arma, lista para el mejor postor. Actuaba de pie, seguro de su reciedumbre y sosiego. Lo tomé por un modelo de virtud y santidad (*ideo omnia sustineo propter electos*) y, después de un canje de servicios de satisfacción recíproca, le invité a tomar café en una terraza del bulevar.

Iblís ocultaba con arte su pertenencia al Maligno y consiguió someterme a su dominio durante más de dos años. Cobraba sus favores a *pretio magno* y exigía la exclusiva sin reciprocidad. Era duro, celoso, manipulador, posesivo. Sondeaba y sondeaba estrecheces sin sacarla de sitio o la brindaba en actos de rendida genuflexión. Por su culpa abandoné mis obras de misión y proselitismo, descuidé preces y jaculatorias, olvidé mis deberes para con Dios y Su Divina Intercesora: el culto de dulía profesado a los santos se convirtió en uno de latría, contrariamente a los más elementales principios eclesiásticos. Yo creía seguir, erróneamente, las máximas de nuestro *Kempis* («Pon tu cabeza miserable sobre su pecho abierto para que acaben de enloquecerte los latidos de su corazón»); pero (*that was the quid pro quo*) él no era un escogido del Señor sino un tentador enviado por el Enemigo. Dejé así de visitar las capillas y acudir a los templos, incumplí promesas y preceptos, trastoqué la semilla de trigo por infecunda paja. Iblís fue sepulcro de la verdadera piedad y de mi secular historial de archimandrita. Con disfraz de grandeza y hasta de majestad, me atrajo al borde del abismo en donde por Santa Voluntad de Dios arden por toda la eternidad los precitos. Aunque «un tropezón cualquiera da en la vida», no cesaré nunca de arrepentirme de mis pecados y mis extravíos.

(Lector: no te turbes si al considerar las obras de mis santos dudas en seguir su camino, temes no alcanzar la gracia de tantos prodigios y maravillas. Mi librete es ganzúa para abrir recintos y colarse en el misterio y hondura de los sagrarios. Siembra y ten por cierto que la simiente arraigará y dará su fruto. La mies es mucha y pocos los operarios.)

4

Los conventos de Ávila en los que las monjitas consagran el tiempo libre entre coro y plegaria a la fabricación de cilicios y latiguillos para la mortificación del cuerpo y salud del alma, empezaron a recibir en los años setenta numerosos pedidos procedentes del extranjero, en especial desde Amsterdam, San Francisco y Manhattan. Las correíllas o cuerdas amorosamente trenzadas en látigos de distinta dureza y formato —adaptados a las diferentes estaciones del penitente en su ascesis— atraían a una clientela creciente, cuya devoción se manifestaba en la exigencia de nuevos y más acerbos instrumentos de castigo: cinturones, correajes y pulseras de cuero claveteado, collarines, manoplas, trallas, zurriagas. Las superioras y abadesas no cabían en sí de satisfacción: no obstante la tibieza y descreimiento de los tiempos, la virtud acendraba su obra y extendía su ámbito. Las manos delicadas, blancas, casi translúcidas, hechas para contar rosarios y elaborar pasteles, bollos, tocinitos de cielo y otras exquisiteces de repostería, canjeaban la dulzura por el acíbar y eran artífices de los utensilios destinados a domeñar las pasiones y enderezar las ánimas flojas y alicaídas. Los encargos de las tiendas de objetos píos de Christopher Street y otros santuarios de la piedad neoyorquina llovían a diario. Resultaba imposible dar abasto a las necesidades y deseos de los devotos: la cosecha de almas sobrepasaba las previsiones más optimistas. «¡Lucha contra la aridez espiritual y el estiaje! Atiende a los consejos del beato Joaquín Belda y haz brotar, con manos expertas, mil flores de virtud, mil capullos de santidad»: el confesor de la Madre de uno de estos conventos, informado por un amigo común de mi silenciosa predicación con el ejemplo por tierras norteamericanas —en donde seguí un máster en Ciencias Empresariales y Negociado de Almas—, me exhortó a que alentar a los cofrades del ardor extremo a perseverar en sus meritorias obras y no cejar en su empeño hasta lograr la caída del Comunismo y la conversión de Rusia conforme a las predicciones de Nuestra Señora de Fátima.

(Con retraso, la profecía se cumplió y, aunque caídos en una brusca y cruel pobreza terrena, los rusos han salvado sus almas. Mas nadie subraya el papel desempeñado en ello por las disciplinas y preces expiatorias de los activistas del *Gay Liberation Front.*)

De las obras y empeños evocados por el confesor fui testigo en mis merodeos apostólicos por el West Village y los aledaños de la calle Cuarenta y Dos. No llevaba conmigo la guía habitual de los Santos Lugares editada por Spartakus: me abandonaba a ese fino instinto de zahorí que otorga el Señor a quienes Le aman. Si bien la predicación no pasó nunca de la meditación contemplativa a los hechos debido a la ausencia de santos de mi particular devoción, pude apreciar con todo los anhelos y fervores colectivos de los alhamas, cines y trastiendas de las *pornoshops.*

Recuerdo ahora:

El baño de Saint Mark's Place en donde, *toutes races confondues*, los feligreses, envueltos en batas blancas, vagaban como espíritus o almas en pena por entre los habitáculos con catres de superficie almohadillada, refugio de las beatas atribuladas a la espera de las obras de un santo. Las ya agraciadas por sus favores, se reponían del lance en las camas de un dormitorio con aire de cuartel u hospital después del toque de queda y oración nocturna. Criaturas errantes se inclinaban solícitas hasta los lechos de gozo o dolor, ansiosas de aplicar su cauterio o bálsamo a las heridas.

El cine de la calle Catorce, a unas cuadras de la Union Place, en cuyos palcos, escaleras, platea y anfiteatro sumidos en la penumbra —nunca se encendían las luces: la sesión era continua— se arracimaban grupos de fieles en ininterrumpida oración. No sé si la Socorro y la Auxilio de Severo Sarduy frecuentaron los parajes, conocidos sin duda por Néstor, Reinaldo y el San Juan de Barbès-Rochechouart.

El cascarón vacío de la Aduana de los muelles del Hudson, punto de amarre y destino de los buques atestados de inmigrantes fugitivos del hambre, pogromos y guerras filmados por Chaplin y Elia Kazan. Cuando la visité era el punto de cita de las ánimas amigas de las tinieblas ocultativas de su asiduidad y diligencia. ¡Sólo Dios, que todo ve y oye, podría enumerar y referir sus industrias santas!

El Mine shaft o Pozo de Mina, con sus viejos túneles, galerías, jaulas y sumideros. Allí, los modernos alumbrados reinventaban los recios tormentos a los que les sometían antaño nuestros benditos inquisidores: sombrío escenario de potros, grillos, cadenas, capirotes de cuero, tenuemente iluminado por velas, como en las capillas de los Ejercicios Espirituales de la Obra o de los hijos de Íñigo de Loyola en su cueva de Manresa (Catalunya, Spain). Restallaban sin respiro los látigos. Sangre, sudor y lágrimas escurrían en medio de ayes, gemidos y deliquios. Entré, vi y me fui. Por eso sigo vivo.

(Una mañana soleada, la Divina Providencia quiso ponerme a prueba en un banco público de Washington Square. Disfrutaba de una pausa en mis cursillos de teodicea y gramática parda cuando un joven trigueño, robusto, con el halo y todos los signos exteriores de un santo, se acomodó junto a mí. Traía entre sus manos —yo le miraba de soslayo—, en una traducción inglesa, el libro de la revelación musulmana y comenzó a hojearlo. Me dirigí a él en la lengua de su profeta, pero me repuso: I'm sorry, I don't speak Arabic. ¿De dónde era? Just American. Cambié, decepcionado, de idioma y charlamos un rato sin que su imantación personal disminuyera. Al fin le dejé —debía volver a mis clases— y garabateé en un papel las señas de la Obra. Días después, al anochecer —había olvidado ya el encuentro y al santo—, el teléfono sonó. Era él, me aguardaba en la portería. Acudí sin pensarlo dos veces y le seguí temerariamente al interior del automóvil que nos esperaba a pocos pasos de distancia. Me presentó con un here it is! a sus ocupantes —el chófer y dos amigos cuyo rostro atezado divisé apenas—, y arrancamos con suavidad en dirección ignota. Una vaga inquietud se adueñó de mí: ¿quiénes eran aquellos desconocidos silenciosos con quienes viajaba sin saber adónde? ¿Cómo había podido meterme en una emboscada tan absurda? Todos callaban y el silencio se adensaba conforme nos dirigíamos a Harlem. Mi dudoso mentor respondía con monosílabos a mis preguntas inanes. El trayecto duró siglos hasta que el coche se inmovilizó frente a un bloque oscuro de apartamentos. Me apeé con los demás y caminé, escoltado por ellos, a la entrada de un inmueble. El ascensor nos condujo al piso en donde se congregaban media docena de convidados en torno a una mesa servida con toda clase de refrescos y zumos, pero sin alcohol. El misterio se aclaró. Eran Black Muslims. Querían hablar conmigo de religión. Me avine a ello con un suspiro de alivio y, merced a la inspiración del Espíritu Santo, salí fortalecido de la prueba. Los bien aventurados de la gloria eterna debieron apreciar sin duda mi defensa de la Trinidad y otros dogmas establecidos con sólida base científica por una larga cadena de Concilios y Pastores de nuestra Madre Iglesia.)

Años después, la pandemia barrió todos aquellos templos de devoción. El Señor, en Su infinita Bondad, arreció los suplicios y pruebas de las Hermanas del Perpetuo Socorro hasta la expiación suprema, otorgándoles así una entrada segura en los cielos. Pero, en virtud de los designios de su también infinita Sabiduría, me privó a mí (¡mil veces bendito sea!) de aquel cruel y sañudo martirio y me mantuvo en este bajo mundo al acecho de nuevas ocasiones de fervor y caridad con las almas selectas.

5

En el salón morisco del alhama, inaugurado según la Dueña por Napoleón Chico y la emperatriz Eugenia, me sentaba a veces a platicar, después de mis ejercicios y preces, con algunos colegas asiduos, como yo, del lugar.

(No voy a describir éste pues el inevitable J. G. barcelonés lo hizo por mí en uno de sus libros y resultaría muy engorroso a estas alturas enmendarle una vez más la plana.)

La Dueña pelirroja nos servía el té con menta mientras vigilaba por encima de las gafas las idas y venidas de sus clientes. En la mesa vecina, Socorro y Auxilio, acaloradas todavía, se abanicaban con grandes aspavientos. Entre *gin fizz* y *gin fizz* comparaban méritos y obras de los santos de mazo y maza con quienes acababan de cumplir las preces.

«¡Tremendo paquetón!», decía una.

«¡Las rodillas todavía me tiemblan!», suspiraba la otra.

(El San Juan de Barbès no venía casi nunca a la tertulia: andaba por los pasillos de arriba con su turco o algún otro garañón. También el Semiólogo amortiguaba allí la carne y desempeñaba las funciones de su vicaría apostólica.)

Mis amigos Severo y Néstor solían preguntarme por los siglos oscuros de mi vida, desde la impresión de la *Carajicomedia* hasta mi reaparición en el círculo de amigos de Jaime Gil de Biedma en calidad de archimandrita y celador de la Obra: ¿era cierto que visité a San Juan de la Cruz en su cárcel toledana y mantuve correspondencia secreta con Santa Teresa y San Juan de Ávila? ¿Cuáles fueron mis carajiaventuras bajo Habsburgos y Borbones, en el período de irremediable decadencia de nuestra patria? ¿Conocí al canónigo sevillano don José María Blanco y Crespo durante su estancia en Cádiz o en su ya definitivo exilio británico? En otra oportunidad, mientras departíamos con dos colegas de la Obra adeptos de la meditación contemplativa y otras reinas de mucho cascabel, Néstor se sacó de la manga un ejemplar del *Cancionero* recientemente impreso en España y leyó en voz alta algunos versos del «Aposento de Juvera» y el «Pleito del manto». Los reproduzco a continuación para solaz de las almas piadosas que leerán este libro:

Todo el muslo a la redonda
de moros está cercado
y un adarve derrotado
de tiempo de Trapisonda...

Toda cosa que ha de entrar
y tenerse en otra dentro
ha de ser que pueda estar
para meter y sacar
y que dé gentil encuentro.

También le agradaba recitar las «Coplas del conde de Paredes a Juan Poeta cuando le cautivaron moros de

Fez» o algún pasaje de las del «Provincial». En cuanto a Severo —con sus inseparables Socorro y Auxilio—, había reescrito y adaptado a su añorado paisaje cubano una de las devotas biografías de mi Eucologio. Conservo amorosamente la cuartilla en que la pergeñó:

Túnel de Guanabacoa se llama María de la O, es de Camagüey y muy conoscida en la santería de la Isla. Anda en el Comité Central con la Dalia y otras cortesanas. Ya creo que se ha jubilado y es profesora emérita de la universidad del Zob. Tomó el apodo porque si bien era beata desde que fue nascida y obraba según natura, estuvo mucho tiempo sin que nadie pasara su puerta a causa de la fuerte Roca (¡Nada que ver con Blas!) que la defendía, hasta que un santo carabalí de Regla, conoscido por el Templador de Acero, con grandes artes hizo una senda, y después acá el camino se ha muy ensanchado, tanto que dos carretas pueden pasar sin hacer estorbo. Cumplió todas las metas del Plan y fue enhestada en razón de su ejemplo y doctrina por el brazo eclesiástico. ¡Aquel que sufrió, venció! Voluntas suficit.

Mas el episodio del libro que suscitaba mayor llama y celo —objeto de mil comentarios y glosas eruditas— era el de Satilario y el diablo que inadvertidamente se hincó en su miembro. ¿Quién fue Satilario? ¿Se trataba de un personaje por mí inventado o lo conocía por sus obras?

«Lucha contra la flojedad que te hace perezoso y abandonado en tu vida espiritual», aconseja nuestro *Kempis*. Y Satilario cifraba el remedio, la pócima amarga que debemos beber hasta apurarla para coronar el edificio de la santificación. Confortados por estas lecturas, nos desperdigábamos por el baño, la sala de reposo, las celdillas del piso alto, en busca de nuevas ocasiones de bienobrar. La fe viva y penetrante de los operarios nos enardecía y alentaba en el camino de la santa desvergüenza. En él recé incontables veces las canónicas con mi jenízaro.

(Después, sobre esto, entre mí y él han pasado grandes cosas y aun prodigios que sería prolijo explicar.)

Y 6

Por fin hallé mi centro, morada y delicias y, al poco de alcanzarlos, di con el Juglar. Me guiaba M., un excombatiente del cuerpo expedicionario colonial en Indochina, capturado por el Vietcong tras la derrota de los franceses y liberado a la firma de los acuerdos sobre la independencia de Vietnam. Había regresado entonces a su país natal con una modesta pensión y una natural pero experta inclinación a las artes y partes de tercería. Me escoltó primero a la capital, en donde merced a sus diligencias y mañas me puso en contacto con media docena de Boinas Rojas de los que conservo el recuerdo más grato así como con un compañero de cautiverio de habla burda, micer puntiagudo y duro flagelo con quien, puesto en agonía, recité las canónigas en una noche inolvidable de misereres y retribue dignare en la que él repetía: «Tú lo quisiste, tú te lo ten.» (Sobre él y el miembro que sobresalía del calzón de gimnasio noveló el pendolista barcelonés, aprovechándose de los dietarios que ingenuamente le confié durante uno de mis viajes por tierras de misión como encomendero de la Obra.)

El Goliardo era un gigante de cráneo rasurado y complexión recia, a cuya vista, en medio del tráfago y agitación de la Plaza, compuse mentalmente la oración: *tu vero homo unanimis, dux meus at notus meus, qui simul mecum dulces copiabas cibus.* Minutos después, de la mano de M., lo tenía en mi cama. Los muebles del piso alquilado crujieron y se estremecieron a su entrada, porque toda obra humana proclama y loa los milagros del Hacedor. M. se eclipsó discretamente a dar una vuelta y quedé a solas con él.

Cohete —así le llamaban— respondía cabalmente al apodo en razón de la avasalladora combinación de fuerza y altura de su estampa. Su ingeniosidad e inventiva verbal no tenían límite. Sacaba punta a todo y a todo apuntaba con lo suyo. Sus dones eran sobrenaturales: imposible desarmar los machos y palo central de su tienda. Aquello no cabía *per angostam viam* y había que homenajearlo de puertas afuera. El armazón del artefacto balístico, con su propulsor y auxiliares, cifraba el arma absoluta en la que sueñan los estrategas del Pentágono desde el comienzo de la guerra fría. Ningún mozo ni moza podían resistir a tal acometida. Sus dichos y hechos, registrados por espacio de años, llenarían las páginas de una voluminosa floresta de Vidas de Santos.

Podría referir incontables episodios ejemplares de sus sermones públicos y actos devotos y contemplativos de no haber metido el San Juan de Barbès su larga nariz en el tema y, con la desfachatez que le caracteriza...

. . . .

¿Cómo se escribe un grito?, se preguntaba el autor del retrato de la señora Lozana. No halló la respuesta o, si dio

con ella, no la transcribió: *nos dejó in albis*. Pero el grito sonó y resonó: fue grabado. Su fuerza interrumpió la redacción del manuscrito que el lector trae entre manos. En una conversación con el abate Marchena, incluida en el capítulo quinto de este libro, Fray Bugeo identifica con malicia a su autor.

(Nota del editor.)

CAPÍTULO V
CONSECUENCIAS DE UN GRITO

Alguien había alzado su mano descolorida al pabellón de la oreja, como para besuquear y hacer zalamerías al telefonino o quizás ajustar el timbre de voz al estilo de los antiguos divos: y el trémolo ascendió como un trueno desde el bullicio del tráfico en el cruce de Alcalá con Granvía a los estratos superiores del noble edificio del chaflán. Las cariátides, cornisas y columnas corintias que ornan el balcanaje vibraron. El efecto acústico alcanzó la cúpula y la estatua que la remata. Los pechos de la Minerva se estremecieron con un temblor ligero. Se le desprendió un párpado. La medialuna de bronce dorado fue a parar al sombrero de espeluznada crin de una señora. Un escalofrío recorrió el cuerpo de ésta de cabeza a pies, y se llevó la mano a la primera. ¿De dónde provenía un objeto tan extraño? Examinó sucesivamente los celajes de nubes, el cielo asténico, el sol casi exangüe. Aquel día pasaban cosas raras. Se aseguró de que el maquillaje (salía directamente del salón de una esthéticienne) no había sufrido de la caída del cuerpo celeste, aguardó la luz verde del semáforo de Alcalá, atravesó con viveza el paso de cebra, torció a la izquierda y luego a la derecha y se perdió, entre otros visitantes apresurados, en la entrada del Círculo de Bellas Artes.

*   *   *

Un gran gentío se atropellaba en el vestíbulo, hacía cola para las entradas, bajaba de los ascensores o subía en ellos: jóvenes y menos jóvenes, una dama de casi tres rosarios de años, un loro con cuello de pajarita, dos individuos sin edad con trajes grises cruzados y el rostro inexpresivo del perfecto idiota aficionado al golf. Buscó en vano un punto de luz, el raudo torbellino de Noruega, el éxtasis de la unión transformante. Había bebido dos *gin fizz* para entonarse y se sentía atrapada en un bullebulle de sabandijas racionales: el amasijo o masa de los que nos habla Ortega. Se le vino a las mientes una extraña cita: «Un caimán verdoso y voraz se atragantaba con una cobra que ondulaba en las manos de un dios indio, éste se tragaba a un colibrí ingrávido en el aire sobre un terrón de azúcar, y el pájaro a su vez, atraído por la fosforescencia, ingurgitaba de un solo bocado a un cocuyo.» ¿Quién había escrito aquella frase peregrina y alambicada? Su mirada se detuvo involuntariamente en un pelma de ojos de pez y mirada muerta. Su presencia viscosa la inmovilizó como en una liga para cazar pájaros. Cerró los ojos pero, al abrirlos, el individuo seguía allí. No tuvo más remedio que seguirle al ascensor y subir con él. Arriba, manos obsequiosas buscaron el contacto con el pringue del pelma. ¡El público aguardaba la llegada de aquel conferenciante famoso!

* * *

Buscó asiento en la última hilera de butacas y se enviscó en él. El unto con liga del pelma persistía: la forzaba a mirar a la mesa y al racimo de micros dispuestos para captar el rocío de su palabra. ¿Iba a departir sobre el Paráclito, el deshielo del casquete polar, el hilomorfismo de Aristóteles, la ingeniería genética o las metas de

la última zafra? El que oficiaba de introductor se aclaró la garganta: bueno, para empezar diré que. Alguien tosió, vibró el eco de una risilla, sintió arcadas. ¡No faltaría más que fuera a vomitar y estropear el acto de presentación del académico y Maître de Conférences de l'École des Hautes Études, autor por más señas de una señora novela, sí, de esas que te agarran y no te sueltan, aceleran los latidos del corazón, cortan el aliento, deslumbran, te dejan flaseado! Unos aplausos de cortesía, como unas gotas de lluvia en la lumbre de un agua encharcada, la sacudieron y remozaron. Se empolvó la nariz y escuchó: mon roman est, pourquoi pas?, un euroroman ou roman de l'euro, comme disait par dépit un jeune écrivain aigri, un roman avec tous les ingrédients qui permettent une digestion facile aux estomacs raffinés car nous, les Européens de long date, nous avons un privilège, ou un ennui, par rapport aux Espagnols qui viennent de s'intégrer à notre culture, nous avons un foie!, et pour cela nous vous demandons, ménagez-le et conservez intact cet organe auquel nous tenons tant, ne tombez donc dans les artifices et les complications si chères à certains de vos aïeuls!, nous avons dégraissé tout ça après Rabelais, n'est-ce pas?, il y a eu entre-temps Madame de Lafayette et Benjamin Constant!, en un mot, les plats lourds ne sont guère appréciés!, évidemment nous ne voulons dire pour autant que le roman espagnol à la Grasián soit immangeable et dépourvu de valeur, loin de nous une telle affirmation qui serait contraire à notre éclectisme et trahirait nos propres principes! mais l'Européen de l'euro, ah! ah! ah!, est fier de la réputation de l'euroroman et il n'accepte pas sa mise-en-cause par des jeux et des digressions, voire des arabesques que nous, les Européens de longue date...
Alguien había desconectado el micro: los movi-

mientos del labio inferior, tembloroso y medio descolgado del novelista eran como los de una carpa privada de agua. Vio de pronto, a través del cristal del acuario, a miríadas de congéneres de distintos colores, formas y tamaños: agitaban sus aletas dorsales y caudales, con los ojos abiertos, como estupefactos. El cuerpo del pez-orador se enmalló en la red. El conferenciante era opaco.

La señora del sombrero se agitó, logró desenviscarse del asiento. El pez-orador (el Maître de Conférences en l'École des Hautes Études) emitía burbujas brillantes, perlas de cultivo, cuentas desgranadas del collar de una duquesa Grande de España. Corrió por entre las algas y flores mutantes. El micro volvía a funcionar: vous devriez oublier, comme, houm, cette maudite jota!, les fastes baroques de Gongorá, très différents de notre canon occidental et ne vous en souvenir que pour le jour où le lecteur européen de l'ère de l'euro, ah! ah! ah!, avide de couleur locale, vous demandera, n'est-ce pas?, de concocter un livre touffu comme celui du Proust des Caraïbes que...

Alcanzó al fin la puerta, braceando en el agua viscosa y dejó entrar oxígeno en sus pulmones. Se aseguró de que el sombrero de crin seguía en su sitio. Se precipitó al ascensor.

* * *

De nuevo el desconcierto, las subidas y bajadas, los cambios de piso. Se dejó guiar por el instinto y salió de la jaula opresiva tras una muchacha de mimoso y mimado telefonino —«quería comentarte el tema de»— a un vestíbulo o espacio central en el que divisó a Socorro y Auxilio, las amigas del alma de Severo. En medio de la faramalla cultiherida aguardaban la apertura del salón en cuya puerta se anunciaba una rueda de prensa de Fray Bugeo.

Escogió una vez más una butaca de la última fila: había advertido la presencia de una rubia incendiaria y el temor a que se le inflamase la cabellera y ardiera la sala le aconsejaba sentarse cerca de la salida. Tenía que extremar las precauciones en aquel día de rápidos altibajos, depresiones climáticas y cambios de humor. La inmediatez de un joven larguirucho, con un ojo de brillo metálico, inquisidor, agravó sus aprensiones. Realizó un breve ejercicio de ensimismamiento budista. Al concluirlo, el joven se había eclipsado, pero el ojo no.* Colgaba de uno de los flecos de la lámpara como el de un búho-globo de perezosas plumas. ¿Era el del Autor Omnisciente que la había creado? La conjetura le produjo escalofríos y la llenó de ansiedad. Algunos pececillos, fugitivos también del acuario, flotaban en el aire, orondos de serenidad y suficiencia, como pensamientos de algún filósofo hegeliano y discípulo de Kant, pero admirador de Nietzsche. Luego vio medusas o encéfalos extraídos de la caja craneana, moluscos de inquietos tentáculos. O, ¿serían calamares iracundos, prestos a arrojar su tinta? La cabeza le daba vueltas. Tomó a secas un piramidón. ¿Sufría de una afección en la pirámide de Lalouette en el istmo del tiroides o en el de Malpighi, correspondiente al riñón? Decidió sobre la marcha consultar con su médico de cabecera (con quien compartía la almohada y muchas otras cosas): un sabio en cuestiones de neurología y discípulo, además, de Lacan.

* * *

* Se llamaba Andrés Blanco, nacido en Petersburgo, la ciudad que inmortalizó en su novela. *(N. del ed.)*.

La disposición del estrado, iluminado con luz indirecta, era teatral. En el centro del mismo un sillón vacío aguardaba las asendereadas posaderas del portalón de popa de Fray Bugeo y, al lado izquierdo, en tres sillas alineadas detrás de una mesa con micrófonos, los miembros del panel: el editor de la obra que tú, curioso lector, ya conoces y los críticos recién escapados de la sala del novelista y Maître de Conférences: Íñigo y Miguel Ángel. Unas burbujitas de gas ascendieron por la tráquea al cerebro de la señora. Su visión se empañó: estaba de nuevo en una gran pecera. O, ¿era un estanque de piscicultura? Las madréporas cubrían ahora el sillón vacío de Fray Bugeo. Todos los presentes emitían burbujitas por sus bocas y agallas.

«Señoras y señores (carraspeó), mi intervención en el acto, bueno, en el evento, obedece a la necesidad (nuevo carraspeo), a la cortesía elemental de disculparme con ustedes (tosió) de la inesperada ausencia de Fray Bugeo (hubo murmullos en la sala y un remolino de burbujas ascendió hasta el techo), ausencia debida (voces: ¡tongo, tongo!) no a los naturales achaques de la edad sino (elevó la voz: gritaba) ¡a la prohibición expresa de la Santa Obra! (los silbidos arreciaron: el editor aguardó a que se restableciera el silencio). La Fundación Vaticana Latinitas le ha encomendado una misión en la sede episcopal de Licia y, sintiéndolo mucho, Fray Bugeo (carraspeó de nuevo) no dispondrá del tiempo, es decir, no podrá, pese a sus deseos, estar con nosotros, no sé si me comprenden (se atragantó con las algas que le salían por la boca), por eso he venido en su lugar, bueno (un banco de pececillos absortos en el trazado de espirales perfectas le envolvió como una serpentina, un pez volador agalleó frente a los focos y salió disparado hacia las sombras), para responder a sus preguntas y procurarles la información...»

La señora del sombrero de crin (que había tomado una droga de diseño además de su *gin fizz*) pensó: soy un pez. E inmediatamente se vio rodeada de vistosas especies marinas y acuáticas: peces lunares, selacios, políperos arborescentes, conchas bivalvas.

No había aún lagartos ni pájaros.

Su vecino calamar la emborronó con una espesa nube de tinta.

*   *   *

Hablaban los críticos, tras espulgar el libro:

¡Todo eso es un magma!
¡Sin ninguna coherencia narrativa!
Su estructura peca de artificiosa.
¡Un aparatoso artefacto, un pastiche!
De una mitomaníaca infatuación...
¡Otra vez la exaltación del macho, del jayán peludo!
¡El juego inane-onanista!
Sin progresión dramática.
Un texto circular, reiterativo.
Sí, un círculo vicioso.
Prenez un cercle, caressez-le, il deviendra vicieux!
¿A quién citas?
¡A Ionesco, coño!

Le entró un soponcio. La pecera se había transformado en la pantalla de un ordenador con flores efímeras, jardines virtuales, vehículos interespaciales, la máscara de un guerrero quechua con rouge de Lanvin y ojos alcoholados de cabaretera de Port Sudan.

*   *   *

Se despertó y tomó otro piramidón. El acuario se había desvanecido con su flora y su fauna. Desde dos asientos delanteros, Socorro y Auxilio le guiñaban maliciosamente el ojo. Divisó a varias Hermanas con tocas blancas y a la filipina de audaz minifalda. Las preguntas del público rehilaban y estallaban en el cielorraso como ingeniosos ramilletes de chispas.

¿Qué se sabía de la vida de Fray Bugeo durante los siglos oscuros?

¿Escoltó la preciosa reliquia de don Diego Fajardo durante su traslado al Coliseo de Roma?

¿Dónde se conservaba su carajo en la actualidad?

¿Seguía en un convento de las Hermanas de la Caridad o disponía de una sala especial en el Museo Vaticano?

¿Cómo se explicaba la longevidad del autor del libro que nos contiene?

(Una voz burlona: ¡seguro que toma yogur! Otra, como un eco: ¿Danone o Yoplait?)

¿No se trataría más bien de un caso de transmigración? Según Pitágoras y los disidentes del hilozoísmo...

(El discurso fue interrumpido por un abucheo.)

¿Era cierto que intimó con Góngora y Villamediana?

¿Había compartido con Gil de Biedma el sótano de la calle de Muntaner, tan negro como su reputación?

¿Por qué mudó sus hábitos de archimandrita por el traje seglar de la Obra?

¿Piensa seguir abrumándonos con sus historias de ligues santos?

El editor se merengó como una clara de huevo batido con azúcar: volcado sobre la mesa, se derretía y derramaba en ella hasta gotear, con grumos espesos, por los bordes. Un colibrí se coló desde la puerta entreabierta y, luego de trazar un jeroglífico, desapareció por ella. Socorro y Auxilio le siguieron, excitadas. Un grupo de espectadores huyó de estampida. Pero no había fuego ni amenaza de fuego.

(La rubia incendiaria no ardía.)

No había nada: nada de nada.

*　*　*

Volvió a perderse en los ascensores, arrastrada por el ciempiés o miriópodo pataleante que se vertía de ellos o era succionado a su interior como por un irresistible movimiento aspirante. ¿Sabía acaso adónde se dirigía? Entendido lector, te podemos afirmar que no. Boqueaba, flotaba, braceaba en un mare mágnum de plancton como el que describía ante un auditorio selecto (desconocemos en qué piso, nuestro personaje nos ha extraviado también con tantas idas y venidas) el profesor de paleobiología: el contenido en diferentes isótopos de carbono de las rocas metamórficas que se formaron y sedimentaron en los fondos marinos, etcétera. La señora del sombrero de crin le oía sin escuchar. A escasos metros de ella, un chaval con pinta de tercermundista esnifaba un pañuelo embebido de pegamento. ¿Qué hacía allí, entre los doctos y amantes de la ciencia? ¿Se había equivocado también de piso y de conferencia? A sus oídos llegaban, como impulsados por el viento, jirones de frases: «glóbulos microscópicos de grafito», «enlaces de moléculas sintéticas», «organismos pelágicos ancestrales». ¡Dios mío, qué confusión! ¿Cómo encajar todo esto en su cabeza? Se le ocurrió la idea de que el sombrero obstaculizaba la percepción correcta del discurso científico; pero temía que, al quitárselo, la transparencia del cráneo dejara al descubierto la masa encefálica y sus ramificaciones crípticas. De la evocación de quiasmas, hendeduras y médula pasó al nirvana de la especulación contemplativa: asistía a la explosión silenciosa de rayos gamma, a los prolegómenos de otro Big Bang. ¿Había algún modo de adaptar todas aquellas informaciones y datos a un ritmo de manisero o de rumba? La idea le sugestionó: poner ritmo a la ciencia, exhibirla en alguna pasarela con coreografía de Béjart y modelos de Valentino. ¡Escenificar el progreso desde hace diez millones de años y revivir el gran estallido en un confín del cosmos! La flaca barquilla de su pensamiento naufragó.

Su nueva vecina de asiento era una dama cuyas iniciales identificatorias «M. P.», bordadas en un *tailleur* Chanel, había entrevisto al hojear a hurtadillas el manuscrito del *père de Trennes*. Hablaba en francés con un andaluz bajito y moreno, de crencha cuidadosamente trazada para ocultar sin éxito la calvicie y vestido con el exagerado atildamiento de un personaje napoleónico pintado por Louis David. Alguien le susurró al oído: «¡es el Abate Marchena!» Nuestra heroína se estremeció: ¿cómo sortear aquel anacronismo increíble?, y al punto la atormentó una duda: la anacrónica, ¿no sería más bien ella? La angustia se extendió y la cubrió como una marea bretona en el solsticio de junio. ¿Dónde y cuándo había olvidado su sotana de color rosa? ¿En el baile de máscaras de las «gasolinas» o en el ajetreo nocturno de putas y automóviles de la carretera de Prado del Rey?

Se escabulló de la sala tras cerciorarse una vez más de que llevaba, bien ceñido, el sombrero. De nuevo el bullebulle. La gente corría hacia alguna Tertulia de Sabios. Vio salir en andas —¿amortajado?— al Maître de Conférences con su carga de euronovelas. Reaparecieron Auxilio, Socorro y el Colibrí, en diferentes grados de agitación muscular, capilar y plumífera. Habían descubierto el camino secreto hasta el ascensor que conducía a la azotea. ¡Desde ésta podrían atalayar el océano alborotado de la ciudad y toda su inmensa variedad de especies piscícolas!

*   *   *

Se asomaron a la cima del Círculo y, una vez en ella, treparon aún, por una escalera metálica, a lo alto del domo. Difuminado por el neblumo, el pastelón de la ciudad se extendía hasta perderse de vista. Sorprendentemente, el sol exangüe había detenido su trayecto. La dama del sombrero de crin —astuto lector, lo habrás adivinado ya: es un travestido— consultó la hora en su reloj de pulsera. El tiempo no corría, todo permanecía en suspenso. Un ángel o criatura volante se había elevado desde lo alto de las Torres Gemelas y, tras un escrutador merodeo celeste, se aproximaba a la Granvía. Socorro y Auxilio se adelantaron a su pensamiento.

¡El venerable!

¡Sí, Monseñor!

Venía de los Llanos de su Marquesado con la capa de Prelado de Honor y una aureola de beato de buena marca (la de la suministradora exclusiva de toda la parafernalia eclesiástica). Levitó en el cruce de Alcalá y Granvía sobre la Minerva de pechos intrépidos. ¿Buscaba tal vez a Fray Bugeo? Nuestra heroína pensaba que sí. El mensaje del que era portador prometía ser trascendente (por su cerebro atravesó fugazmente una idea: debía inscribirse en algún cursillo de meditación trascendental). ¿Cómo diablos había olvidado el magnetoscopio en casa? Se tomó otra pastilla (esta vez un cóctel de vitamina B y hormonas femeninas).

Escuchó entonces la voz paternal del habituado a los negocios del alma.

* * *

Las mil menos una máximas o amorosas sentencias caían como confeti entre guirnaldas y oropeles, en el coro de una iglesia plateresca con retablos de Bernini y escenografía camp. Música de fondo: una mezclilla suave de Gershwin, Sinatra y el himno de la Obra, con gaitas e instrumentos de percusión. (Auxilio y Socorro acechaban embobadas. Escucha tú también, piadoso lector.)

«¡No deis un paso atrás, no me seáis flojos!»
«Meteos por los caminos de oración y de amor, buscad el volumen, el peso, el relieve...»
«¡Creced para adentro!»
(Las gemelas suspiraron: ¡qué santazo!)
«No habrá obstáculo que no venzáis en vuestra empresa de apostolado...»
«Dejad poso!»
«Arreciad y enhestad la fortaleza de la virtud...»
«¡Asaltad los sagrarios!»
«Como muelle que fue comprimido, llegaréis más lejos de lo que nunca soñasteis...»
(Socorro: aquest home és un beneit, un benedetto! Auxilio: je suis pénétrée de sa parole! Socorro: I'm flabbergast! El Paráclito les había concedido el don de las lenguas.)
«Dios quiere un puñado de hombres suyos en cada actividad humana...»

«¡Obligad, empujad, arrastrad, con vuestra ciencia e imperio!»

«¡Los instrumentos no pueden permanecer mohosos!»

(Las gemelas, a coro: a raggione! Los angelotes mofletudos del retablo sonreían con aire juguetón y entendido.)

«No sean vuestros propósitos luces de Bengala, que brillan un instante para dejar un palitroque negro e inútil, que se tira con desprecio...»

«¡Sed recios, entregaos sin tacañería ni tasa!»

«Buscad un santo, colocaos bajo su protección y sentiréis la eficacia de su poder curativo... Su fe inconmovible aquietará vuestras ansiedades.»

(Auxilio: ¡la pócima curalotodo! Socorro: ¡la infalible receta! El colibrí atrapó con pericia a una mosca zumbona.)

«Cumplid el mandato imperativo y...»

(Socorro, filosófica: ¡el imperativo categórico!)

«...cantaréis como el alma enamorada después de ver las maravillas que obra el Señor... ¡Sed émbolos de la Gran maquinaria de la Santidad!»

(La casete había dejado de funcionar.)

*   *   *

Las últimas palabras vinieron del vacío y se extinguieron en él. La aureola del beato colgaba, torcida, en el aire: de pronto, cayó con estrépito. Monseñor no levitaba ya sobre la Minerva del chaflán y se esfumaba en los lejos del cuadro, hacia las Torres Gemelas. La circulación en el cruce de Alcalá y Granvía se había interrumpido. La multitud —incluidos dueños de automóviles y chóferes de taxi— contemplaba el cielo demacrado, las nubes pálidas, el inmenso y melancólico decorado de cartón piedra en el que planeaba y se perdía la figura del Venerable. El pitido enérgico de los guardias de tráfico nada podía contra el atasco. Todo el mundo había asistido a la Aparición, pero visto cosas distintas. Alguien fue agraciado con la reliquia de una lágrima santa en el lomo de la nariz. Una dama pedía misericordia entre las convulsiones de lo que parecía ser una crisis de epilepsia. El vicario de la iglesia vecina la rociaba con agua bendita. Muchos incrédulos se convirtieron al Credo y varios creyentes perdieron la fe. Voces, silbidos, cláxones, armaban un ensordecedor tumulto. ¿Era aquello un augurio del Apocalipsis? Auxilio y el Colibrí le leyeron el pensamiento a través de la frente translúcida.

¡Recomenzaba el ciclo de la transmigración!

Capítulo VI

TRANSMIGRACIONES DE FRAY BUGEO

1

Antes de ser Fray Bugeo, nasçy o cuytado e mesquino de mi, en un hogar de lumbre escasa, mendiga e estrecha. Mi señora madre era de las que buelben sus ojos a todos byentos e reziben en su aposento a omes de muchas guisas, naturas e estados. Yo non recuerdo nada de su preñez nin cuando me dio la teta. La veo ya mayor, pasados su agosto e bendimyas, syrbiendo de cobertera a casadas e moçuelas, buscando refresco en su última hedad. Andaba de casa en casa, muy arreada, con braços e alas abiertos, como clueca que quiere bolar. Las gentes honestas se apiadaban de mi desbentura. Otros me dezían que, estando en su byentre, me bautiçó con su esperma un prior. Los más me ponyan de espurio o bastardo e, en común mal dezir, fijo de mala puta.

Cresçy asy entre mugeres de mucho perexil e banagloria que juegan a pelota con su entendimiento: a éste quíero, ése otro me regalará, aquél de pyernas tuertas e pies galindos lygero caerá en tierra e presto daré con su bolsa. De la vieja fuera ya del mundo a la niña ynfanta todas se desbocan a la busca de vriosos e fervientes amadores sin atender a la berdad del refrán: «Más bale asno que te lyeve que cavallo que te derrueque.» Mi casa era barato de moças, almácyga de alcayüetes, çoco de virgos, olla de carajos, çurzidero de honras. Madres, suegras e tyas bendyan a sus fijas, nueras, sobrinas. Monges bygardos, henchydos eclesyásticos, acudyan ally a reçar sus canónicas.

Un dya, apuntándome ya el bozo en los beços e el bello en la entrepyerna, un frayle compadeszyóse de mis tyernos años e del modo que me criaban. Con palabras mansas e gestos sosegados, los ojos en tierra, ynclinados con onestad, quiso saber mi pobre estado e triste condizyón. Parló con mi madre como temeroso e espantadiso, fazyendo a los pechos cruzes con los braços, juntando las manos e alçando los ojos al cielo: «¡Loado sea Jesuchristo! ¡Dios vos salve, hermana! ¡Nuestro Señor vos conserve! ¡Jesús! ¡Santa Trenidat! ¡Syenpre aquí salud! ¡Deo gratias! ¡Hazino veo al mochacho! ¡Byen sé quanto le queréys! ¡Non le dexedes boçal e syn letras!» E con juras meliosas e suaves e otras muchas maneras de sospiros, lachrimas e gemidos, rogó e porfyó que me retragera de bivir entre las gentes. Fallóse mi madre privada de fuerça e asy se le secaron los ojos e me abraçara con terneza, fize un atillo con mis escasos byenes e seguy al santo frayle al conbento.

A mi venida al monasterio víde otros moçuelos de mi hedad e estado, espulgados e peynados, a los que los benditos frayles regalaban e falagaban, dándoles joyuelas, dineros e cosyllas por tenelles contentos. Por Dios byvo verdadero, aquellos amadores del Altísimo buscaban la conpaña de ángeles para sus devozyones e reços. Por ende, comyamos a doble carrillo, asistyamoles en la sagrada misa, conpartyamos sus juegos. De noche, mi favoresçedor, con una bermejez e acaloramyento que non procedyan de reçar maitines, tomóme retoçando mi bergüenza, riendo e jugando fasta ponerla arrecha.

«Mucha bentura te fizo Nuestro Señor, con la gordura e loçanya de tu conplysyón», dixo. «Cata, que mal fazer con ella, contra el consejo que vos dó non es de natural seso e por ende non has myedo nin temor a cuanto contigo fizyere. Cortos son los dyas del ome e al Señor e a la natura non ploguiese berte ruyn e mesquino. Yo te sanaré la hynchaçón con mi santo remedio.»

Asy, con esas e otras muy doctas raçones, cunplyó sus obras e dexóme a solas. Mal dolor me fiera synón quedé agrasdecido a aquel honrado frayle que cuydaba de mí, me vestya con ricas prendas, me agoraba la gloria del cielo. Como dixe de suso, todos los mochachos tenyan el suyo e eran visitados de dya e de noche por ellos e otros eclesyásticos e nobles venidos de fuera.

A resguardo de los vicios e tachas de las malas mugeres, de sus mentiras e maldizenzyas, muchos nos tenyan por santos e dábanos grandes limosnas en la yglesia para todas obras de piedad. Asy caymos del alto del coro cuando un frayle de mucha letra trujo los escriptos del Arcipreste de Talavera e los mostró a los otros, açorado e ynquieto, como un ave del ayre cuando amaga tormenta.

«¡Hermanos, hermanos! ¡Dios e nuestro rey Enrique nos amparen!», dezya con boses altas. «¡Guay de mi, Virgen María! ¡Los enemigos de nuestro recato pónenos carne de caldera, prestos de ser quemados byvos! ¡Landre, mala muerte, dolor de costado los fieran e saquen del mundo!»

Fuymos a la yglesia a reçar el miserere, tan turbados e espantados estábamos. Nuestros nobles protectores nos faltaban, los falagos e juegos que aver solyamos éranos entredichos. Las faldas rastreando e mangas colgando, los frayles maldezyan a su descobridor, temyendo ser presos e emplumados. Yo me ove con el escripto e lo ley de contino:

«E destos bygardos algunos dellos son de dos maneras: ay unos que se dan al acto varonil, desean conpaña de omes por su vil acto, como ombres con tales cometer. Ay otros destos que son como mugeres en sus fechos, e como fenbrezillas en sus desordenados apetitos. ¡Fuego, fuego en ellos! Que la tierra e los cielos devían tremir por sus abominables obras e sodeníticos fechos, ¡o malvados brutos, pécoras salvajes, de naturaleza fallecientes e contra natura usantes, que asy a ojos abiertos se van a las byvas llamas del ynfierno!»

Quise huyr del mundo, bolar cabe a Dios, mas la Virgen syn manzylla e los ángeles, santas e santos del parayso bolbyan su gesto e me synificaban enoxados que non abya ridinzyón para los putos como yo. Echéme a un pozo para abreviar males e salir del syglo. Confundy mi fyn con la fyn del mundo. E non recuerdo más synón la eladez e negror de las aguas.

2

Cuando reencarné en quien sería uno de los frailes mesurados de los que dice el refrán «mírales de lejos y háblales de lado» —mientras el cuerpo de mi predecesor se sumía en el hoyo y su alma bajaba con igual celeridad a los infiernos, pues los viles actos contra natura claman venganza a Dios según la sabia doctrina de nuestra Santa Madre Iglesia—, lo hice por obra de un carajo macizo y luengo que visitó la gruta de mi madre hasta llenarla de esperma. No doy mi nombre ni el lugar de mi nacimiento, ya que quise ocultar aquél tras el de Fray Bugeo, autor de la *Carajicomedia* que tú, travieso lector, traes ahora entre manos. Como narré cumplidamente en esa especulativa obra, escrita en honor del muy antiguo carajo del noble y devoto don Diego Fajardo, imitando el alto estilo de las trescientas del famosísimo Juan de Mena, no volveré a labrar el campo de su fecunda cosecha sino que, de repaso por las hazañas y lances gloriosos de su vida, dejaré constancia de aquellos que, por el mucho correr de la pluma, olvidé en el tintero. Yo fui quien llevó al coliseo romano su preciosa reliquia, trasladada después por algunas almas devotas y contemplativas a su sede actual, en los aledaños de la Villa Tevere. Allí, la Congregación para el Culto Divino y las Hermanas del Perpetuo Socorro la evocan a diario en sus preces y ejercicios de oración mental.

Crecí en un reino desconcertado, puesto en discordia entre sus naturales por cuestiones de honra y linaje. Mientras el rey don Enrique cabalgaba por sus tierras calmando el ardor que traía en la silla con mulos y garañones, el clero buscaba también solaz por vías nefandas. Pasaban de mano en mano las *Coplas del Provincial* con cuya lectura me holgué antes de entrar en órdenes mayores, durante mis cursos de teología y hodienda en aulas y casas llanas:

> *Ah, fray conde sin condado,*
> *condestable sin provecho,*
> *¿a cómo vale el derecho*
> *de ser villano probado?:*
> *«A oder y a ser odido*
> *y poder bien fornicar,*
> *y aunque me sea sabido,*
> *no me puedan castigar.»*

> *«Provincial, así hayas gozo,*
> *¿qué parece este doncel?»:*
> *que es dispuesto para pozo*
> *para enfriar vino en él.*

Otras coplas, asimismo hirientes y acres, se desprendieron de mi memoria como hojas marchitas con la flaqueza de la edad y sus fatigas. Mas quiero retomar aquí el hilo de mi discurso y referir los insignes hechos de armas de don Diego Fajardo que, con mucha justeza, comparé a los de Cid.

Este piadoso eclesiástico —recompensado por sus Católicas Majestades con el privilegio de vender indulgencias remisorias de las penas de las ánimas del purgatorio, Bulas de la Santa Cruzada y otros devotos y lucrativos negocios— mostró desde su nacimiento, según la partera, las claras señales de un sañudo arrechador que hubiera colmado las ansias, de no vedarlo la cronología, de la señora Lozana, la mejor y más alegre puta romana que jamás vino al mundo. Cuentan que en su prehistoria, su madre mostraba a las vecinas su luego famoso miembro, con la lengua sacada fuera de su capuz. Testimonio de admiración a su precocidad y procacidad —encomiada ésta siglos después por la inspirada pluma de un Monseñor— fueron recogidos en actas por sus discípulos y pueden consultarse hoy en los archivos de la Fundación Vaticana Latinitas.

Cuando le conocí, era ya galán y alanceador. A todas hembras, fuere cual fuere su estado y condición, ponía la mano en el papagayo y las elevaba con mucha sal y burla a las celestes alturas. En tiempos miserables como los nuestros en que la mezquindad no deja lucir la virtud y la tiene encogida, obra de fe y caridad será exponer los hechos beneméritos de mi personaje antes de que Dios clausure el universo que creó a causa de nuestros muchos pecados. El grano de la verdad debe ser la aguja del norte por do se rigen los mareantes.

Don Diego cobraba también las rentas de algunas mancebías y a ellas acudía a menudo a verificar el trato y honra de sus pupilas. Sus corredoras del primer hilado, y aun las del segundo y tercero, rastreaban el reino, como Celestina la vieja, en busca de dueñas y menoretas y él las cataba todas, desde la flor de la edad hasta el setembreo de la vendimia.

Un día llegó a sus oídos la fama de una moza de muy lindas partes, que sus padres destinaban a monja en un convento de clausura. La novicia vivía en un aposento ordenado como una capilla en el que castigaba la rebeldía de su lozana carne con asperezas y ayunos. Fajardo se allegó a verla, muy devoto y manso, y le preguntó con dulzura:

«¿Novia sois del Señor?»

«Así es y sea hasta mi muerte: andar a obediencia según coro y campanilla, que quiero estar a Su vera en el paraíso.»

«Justa resolución es recogerse del mundo, y vuestra entereza a todos admira. Mas cosa de razón es gustarlo antes de recatarse y huir dél.»

«No vos entiendo, señor.»

«Nadie sabe la acedía del melón si no le abre la hendidura, y vos no lo habéis hecho.»

Y así, con muy buenas consideraciones y argumentos, le mostró su gentil disposición de favorecerla y el deseo de aleccionarla y doctrinarla en cosas del mundo para mejor cumplir su resolución de dejarlo.

«Suspensa estoy oyendo palabras tan nuevas y distintas de las de mis padres y mi confesor.»

«Pasemos mejor de las palabras a los hechos y entonces me comprenderéis.»

Y luego de enseñarle el grosor y reciedumbre de su miembro, le citó palabras de Aristóteles y otros muchos sabios de la Antigüedad y le tentó y descubrió el cuerpo hasta desnudarlo y fincarse de rodillas ante la gruta y su boscaje lindo y sedoso, para besar y repasar con lengua de santo el botón floreal y los labios mientras le decía «bendito sea Dios, que creó tales portentos y maravillas» y toda una antología de jaculatorias y provechosas sentencias.

Admirada quedó la doncella de tanta novedad y goce, sin saber si aquello era obra del Altísimo o del diablo.

«Cuanto me hacéis, señor, ¿no es pecado de carne?»

«Usar de la natura no es ni puede ser pecado, que Dios nos la dio para nuestro recreo. Echaos conmigo en aquel almadraque y subiremos los dos a los cielos do moran de eterno los bienaventurados.»

La incauta doncella le obedeció y don Diego Fajardo arreció sus caricias y besos en el pórtico de la bodega, con tanta sabiduría y latín que ella asintió a abrirlo y acoger dentro la verga y aun todo el mástil. Sus preces y salmos duraron horas y horas, con olvido del mundo y sus astros: el alba les sorprendió a los dos, hechos él un sequedal y ella una olla de espuma. Después de este lance, la que fuera novicia se entregó con brío al mundo y allí triunfó y puso estrado de dueña con ayuda de nobles y eclesiásticos. Yo la conocí ya madura pero galana, con una corte de meninas y pajes envidia de toda la villa. Quise incluirla en mi *Carajicomedia* mas tuve que abreviar por ser tantas y tan meritorias las hazañas del arrecho y sañudo miembro.

Antes de que la senectud y sus esquivos dolores le metieran en cama y jubilaran su ariete, el recio y antiguo carajo solía dispersar su simiente en los jardines de putas y doncellas, moras y judías, nobles y villanas, sin pararse en pelillos de linajes y limpieza de sangre. Con el as en punta, entraba en los cuartos de sus mancebías y allí arremetía, fincaba y hodía, sin dejar a ninguna quejosa ni enojada.

Entre las carajiaventuras de don Diego Fajardo, fiel servidor de Sus Majestades Católicas, merece capítulo la que acaeció en Aragón con la barragana secreta de un abad, de quien se decía ser mujer de vida muy retraída y casta. Según declaró veintitantos años después al Santo Tribunal que perseguía a las beatas y monjas revelanderas, Diego Fajardo, «la tomó la mano e se la llegó hazya sus yngles diziéndole que le tentase un nasçido furúnculo que allí tenía y conosció que estava hecho un Satanás porque le tocó un bulto por encima del hábito, y que antes desto, estando un día en su estrado, el susodicho le llegó las manos a los pechos e dixo: ¡O qué santa, o qué santa!»*

[*Aquí se corta el relato con unas líneas manchadas. Lo que de seguido viene es a todas luces una interpolación muy posterior.*]

La profesora Ms. Lewin-Strauss, con una carta introductoria de Juan Goytisolo, entrevistó durante su estancia en España a doña María de Zayas y Sotomayor, para quien la obra de Fray Bugeo era un clásico ejemplo de *macho viewpoint*, incapaz de comprender que «nuestras hermanas tienen las potencias y los sentidos como los hombres» y así éstos, «de temor y envidia las privan de las letras y las armas».

---

* Fray Bugeo atribuye a Diego Fajardo la fechoría de Fray Pedro de Nieva en el convento de Santa Clara de Valladolid (*Amicus Plato, sed magis amica verita*). (N. del ed.)

[Una nueva addenda devuelve la palabra al autor con una muy áspera crítica del que, a fines del segundo milenio, retomó el hilo de su Carajicomedia, *reencarnado en un presunto activista de la Santa Obra.]*

Tal correveidile no sabe de lo que habla y miente a culo abierto. Yo, el verdadero Fray Bugeo, afirmo y juro que el valiente y campeador carajo de don Diego Fajardo nunca dio por posaderas sino a las putas con *fluxu sanguinis* y siempre con su venia. ¡Vayan él y todos los de su especie a las llamas de la gehena que les ha dispuesto el Altísimo!

3

Para burla y cruz del autor de la *Carajicomedia* reencarné, a su último suspiro, en Sietecoñicos, puto romano de origen español, amigo de la señora Lozana y de todo el brazo eclesiástico que le pagaba pontaje en nuestra Alma Ciudad.

Desde chico holgábame de ver a los mozos y aun hombres hechos y derechos y a ojo de buen arquero sabía cuanto valían y lo que tenían en la bragueta para mi recreo y provecho de la bolsa. Con los duques, priores y abades, que mandábanme llamar a sus cuadras a servir manteles y rezar novenas, me vendía por estrecho, regateaba y hacía negocio con cantares, meneos y bailes de mi nación, que acá son muy apreciados. Si se servían de mí, yo me servía dellos y les ordeñaba, tal como vi a mi abuela, hasta la última gota de sus ubres, que una cosa es el oficio y beneficio y otra el gusto natural por la garrocha y mano de mortero. A unos sacábales dineros y joyas y a otros la savia que endereza el cuerno y lo ahínca ahí donde debe dar. Viéndome tan mozuelo, las putas me curaban en salud y procuraban los ungüentos y sahumerios de Sixto, el de las dos naturas, la de hombre como muleto y la de mujer como vaca, que ejercía su magisterio en artes de composición y aparejamiento después de jubilarse por edad y ser vieja antigualla. Así yo comía, bebía y medraba, arcaba con las nalgas y era hucha de soldados y palafreneros macizos y de gran tomo.

La Lozana y el autor de su retrato acudían a saludarme en sus paseos y hablaban conmigo de Roma como de España, de cuantas obras hacía y mis maneras y artes de toma y daca.

Lozana: el señor que mis hazañas escribe quisiera saber de donde sois y como aprendisteis tan primoroso y sutil oficio.

Sietecoñicos: me vine de Córdoba cuando los Reyes Católicos limpiaron sus reinos de los moros y judíos que los afrentaban. Y, por Dios, muy justa y sabia resolución fue la que me hizo parar en la sede de San Pedro, cuya perpetua santidad torna lícito lo vedado y cubre las miserias del mundo con un manto de bulas e indulgencias.

Lozana: mirá, dolorido, ¿veniste solo?

Sietecoñicos: con una señora tía amigada con un moro, que a mis padres, según cuenta, quemaron con alquitrán en su pueblo.

Lozana: ¿sois leído?

Sietecoñicos: leído y cursado. Aprendí los salmos en las Coplas del Ropero y Fajardo y otras obras de suma piedad y devoción.

Lozana: ¿cómo os metisteis en el oficio?

Sietecoñicos: mi señora tía dice que en el vientre de mi madre holgábame ya de la visita del mazo que entraba y descargaba en él.

Autor: ¿vos lleváis bien con el puterío? Que, por mi fe, muchas vos envidian el trato y maneras.

Sietecoñicos: ¡hermanas somos todas y así nos ajuntamos y defendemos de los que quieren montar de balde! Yo voy a sus fiestas y ellas vienen a las mías, arreadas y dispuestas que es gloria verlas. Acá y allá hablamos de los que cabalgan y no desarman, de los que entran en coso y por do pasan mojan; y sepa vuestra merced que todas somos devotas de la Madona que sacan en andas de la iglesia a que le dé el aire.

Lozana (al autor): la cofradía de las putas es la más noble cofradía que sea, porque hay en ella de todos los linajes y sangre limpia del mundo: moras, judías, zíngaras, ilirias, corsas, lombardas, provenzanas y aun de las tierras del norte do el sol se esconde y da luz menguada.

El autor: ¿quién vos llamó como vos llaman?

Sietecoñicos: como dice el refrán, más tira coño que soga, y el marido de mi tía traía los esqueros llenos de repuestos y esponjas con sangre de gallina para bodas y probanzas.

Lozana (al autor): los devotos de sus obras no se cansan de visitarle y él a todos atiende y recibe como San Miguel en su posada.

Sietecoñicos: la Ciudad Santa es pradera de flores y virtudes que tanto comendadores y obispos como villanos de bajo suelo cultivan con esmero y cuyos sabrosos frutos son envidia del mundo y de los santos y santas del cielo. Ellos gozan arriba de su música en compañía de los ángeles y nosotros debajo de cuanto Dios y la natura nos regalaron, que los miembros y partes de mujeres y varones quieren halagos y caricias antes de su uso ordinario y eso es cosa de mucha admiración y gasajo según la autorizada escuela de los filósofos y ovidios de la Antigüedad. Así lo dicen el piadoso Arcipreste de Hita y aquella copla que canto con vihuela y ambleos en fiestas de los nobles señores romanos:

> *Pues este muy hondo mar*
> *tal grandeza en sí contiene*
> *deve tener y anegar*
> *cuanto a su potencia viene:*
> *y así digo que conviene*
> *por razón muy conoscida*
> *toda cosa que se tiene*
> *de otra mayor ser tenida.*

Lozana: sabio y discreto sois, que paresce hayáis mamado leche de doctrina de los pechos de la que vos crió. *Sietecoñicos*: de los pechos y de cuanto cuelga. Aun a los que por edad se jubilan les saco el último suero y les despellejo la bolsa hasta dejarla limpia de ducados...

Ésta era la Roma en la que crecí y triunfé hasta el día malhadado en que el condestable de Borbón le dio asalto y puso a saco, y yo tomé por el mío a secas por tudescos, francos y lombardos que, de apurados, se les salía el rabo de la bragueta. De tanto batir el caldero, dejáronme agrietado y enfermo, doliente y sin remedio de encienso, galbano y amoníaco. Pudríme poco a poco, que era lástima verme, y los espejos me espantaban con su triste retrato. La señora Lozana se retiró a tiempo y fuése a vivir con Rampín en su ínsula. Yo acabé mis días en un sucio y desastrado hospital. La España que fue mi primera patria y me castigó apenas nascido desbarató también a sangre y fuego mi aconchado refugio. Hoy la dicen centinela y bastión de la fe verdadera contra Lutero, Moisés y Mahoma. Viendo sus fechos y obras y cuanto destruyó aquí y allá, dígome para mis adentros: más vale paz en La Meca que non la ruina de Roma.

4

Indiferente a mi cruel e inmerecida desdicha, la rueda de la fortuna me hizo entrar por la boca en el espíritu de un predicador famoso cuando subía al púlpito de la iglesia toledana de San Juan de los Reyes mientras a trescientas leguas de allí las tropas imperiales sojuzgaban a la que por breve tiempo fuera la alegre y despreocupada capital de la Cristiandad.

Con exaltación e impaciencia, yo, Fray Francisco Ortiz, aguardaba el momento de denunciar ante la grey la magnitud del crimen cometido con la muy santa esposa de Cristo y hermana del alma, encarcelada en la ciudad unos días antes. La exasperante lentitud del reloj y la pereza del sol en su vuelta acrecían mis deseos de ganar la corona de mártir en arras de la vida eterna. En este mundo ciego y miserable que presto se secará como heno, en tiempos tan llenos de paja y faltos del grano de la verdad que nos sustenta, me acuciaba la necesidad de dar voces, clamar y proclamar mi fe en aquella celestial criatura, como si fuera el postrer sermón de mi vida y como si tras él hubiese de perecer, aparejado para sufrir todos los tormentos por bien y sanidad de mi alma.

Hablaba, hablaba a borbollones, contra quienes hacen oficio de lobos y no de pastores, privan al mundo de la luz que no merecen siquiera mirar, persiguen a las ánimas limpias y santas, presiden hogueras y confiscan bienes con diligencia y avidez bastardas. Veía de arriba, como una pleamar súbita y encrespada, el rostro inquieto y desaprobador de algunos fieles, la agitación de mis hermanos de la orden, los gestos de ultraje y desdén de los zaheridos por mi verdad maciza. ¿Qué otra cosa cabía esperar de quienes atentos sólo a pompas y exterioridades rehúsan con flacos argumentos la iluminación divina y la motejan de pensamiento ilusorio y fantasía vana? ¿Cómo hacer valer frente a aquella jauría inquisitorial los celestes donaires de la virgen muy pura de cuyos espirituales y lindos pechos me alimentaba? Su simplicidad y retozona inocencia de niña, ¿no se concertaban acaso con un grado de perfección sobrenatural, con una prudencia y sabiduría seráficas? A la edad de tres años, Dios le había revelado el misterio de la Trinidad y, con su misericordioso sostén, nunca había cometido pecado mortal. ¡Tenía el don milagroso de curar las enfermedades con la mera aplicación de sus prendas, con mucho primor y sutilidad ayudaba a las ánimas cuitadas a salir de su postración y bajeza, comía a duras penas y tras mucho dejarse rogar —como el futuro Monseñor y Prelado Doméstico de Su Santidad amigo de Fray Bugeo—, aunque a diferencia de él, pasaba días y aun semanas sin hacer cámara ni ir a la necesaria.

El vocerío arreciaba y el océano del mundo amenazaba subir al refugio seguro de mi puerto. ¡La amaba, sí, la amaba, con amor puro y limpio, ajeno a toda carnalidad y contingencia! Ella me sanó con su intercesión y oraciones del *fluxu seminis* que amargaba mis noches. Bien que exento de culpa, vivía en perpetua aflicción y tristeza, en una cruel guerra con la inmundicia vertida por la involuntaria hinchazón de mis venas. ¡Después de mucho suplicar a la sierva de Dios injustamente prendida por quienes flamarán el Día del Juicio en el fuego eterno, ella me libró de tal miseria y tan abyecta mancha con una cinta que ceñí a mis lomos, y al punto vila alzada de tierra, muy cerquita de mí, con maravillosa belleza, mirándome con muy tiernos y benignísimos ojos, como para significarme que por mí velaba!

La marejada de imprecaciones y voces coléricas cubría el flujo de mis palabras —los «judegüelo rapazuelo» y otras afrentas a los de mi linaje— mas el mismo caso hacía de ellos que de las hojas del árbol que menea el viento. Tenía por más preciosos los grillos con que querían sujetarme que cien mil coronas de rica pedrería: anhelaba ser leña de hoguera, arder con alquitrán y con brea, verme reducido a ceniza y humo, libre de las bajezas y rémoras de la naturaleza corrupta para ascender al cielo en el que me uniría con mi muy santa y esclarecida esposa.

El vendaval y alboroto de los cristianos congregados en el templo no menguaban mi ánimo. ¿Eran reales o falaces aquellos rostros llenos de odio y ciegos a la evidencia que me acusarían luego de pertinacia y luciferina soberbia? Mis hermanos de la orden habían subido al púlpito y pugnaban por acallarme a la fuerza, ofuscados por la intensidad de la luz que, reflejo del sol divino, emanaba del precioso y chico cuerpo de mi amada. ¡Los que la ponían de beata milagrera sujeta a libidinosos sentimientos y tildaban a sus devotos de herejía dañada confundían los dones de la gracia divina con la sombra de las apariencias! ¿Pretendía venderme por profeta como mis enemigos arguyeron más tarde? Creo y sigo creyendo que no. Tal vez mis ojos pecadores y mortales me engañasen con la novedad de tanto gozo bienaventurado mas, ¿podría haber sido de otra manera? El fulgor de aquella graciosa y cándida sierva de Dios me encandiló: su amena envoltura carnal era el fresco remedio de los ardores y ahíncos de mi corazón. ¡Quien no haya sucumbido jamás a las trampas y cebos del mundo écheme la primera piedra!

Me arrancaron con brusquedad y dureza del púlpito para arrastrarme a la cárcel inquisitorial. Viví allí mil muertes y vime inculpado de innúmeras proposiciones erróneas, heréticas y contumeliosas propias de los monjes beguinos y bigardos mientras acumulaban pruebas y más pruebas destinadas a socavar mi fe en la virtud de la santa. Al cabo flaqueé, me derrumbé y retracté. El demonio me había burlado. Acepté con total sumisión el castigo y permanecí enclaustrado, a salvo de los horrores y ardides del universo creado, hasta que Dios se apiadó de mi desdicha y puso un feliz término a mis días.

(Mi alma transmigró del convento de la Madre de Dios en Torrelaguna —fundado por Ximénez de Cisneros para la recolección de los monjes franciscanos— tras permanecer en él quince años sin salir jamás de sus muros. Abominaba del mundo tan recio y hondo como el mundo había abominado de mí. Angela Selke me rescató siglos después del olvido.)

5

El vientecillo de los rumores de cuanto acaecía en los conventos adquirió el suma y sigue de un vendaval. Los inquisidores venían muy apercibidos para su limpieza merced a los testimonios y confidencias recogidos en el interior dellos, no sólo de los frailes limpios de todos cuatro costados sino también de algunos confesos inquietos por la loca temeridad de sus hermanos de sangre.

La cadena de transmisión de dimes y diretes abundaba en ramificaciones y se asentaba en bases tan sólidas como la de «el preste Fulano me dijo que le había dicho Fray Mengano que había oído que un fraile había dicho que sabía quien era el Zutano que le dijo esto según le dijo Perengano», conforme al modelo fidedigno de las crónicas históricas y leyendas fundadoras de nuestra madre España, martillo de herejes y amada en Cristo.

Denuncias y atestaciones dañosas y peregrinas se acumulaban en las actas de los santísimos inquisidores que con no muy poca diligencia espulgaban nuestras vidas: un testigo refería que hallándose de solaz con otros monjes a la vera del río, un fraile de su convento se puso en cuclillas y al subirse las faldas del hábito descubrió su miembro circunciso y como él se lo reprochara, el otro repuso que «así había nacido» (sobre esta historia corren otras versiones más jocosas y crudas que el pudor impide referir aquí); otro sostenía que preste no sé cuantos no configuraba la cruz con los pulgares al juntar las manos en el introito y decía misa con gestos de la cara y movimientos desdeñosos del cuerpo y al consumir la oblea, que él llamaba torta, hacía como si hablara o comunicase con hombre soez, en corto, como persona que no creía ni tenía fe en el Santo Sacramento. Item, que cuando el preste alzaba el cuerpo del Señor, muchos monjes miraban al suelo y canturreaban por lo bajo herejías de su emponzoñada secta.

Mientras al son de tamborinos pasaban carretas y más carretas de leña para alimentar las piras del Santo Oficio, otro convento andaba alborotado por el hallazgo del manuscrito de un monje que, tras poner en duda la virginidad de María, preñada según él «por la oreja, por obra del Espíritu Santo», rezaba osadamente: *Mundum aeternum dicimus ab initio, verbo creatum negamus, quod ex nihilo nihil sit, sed cum quod fit ex materia perlatente producitur.* La leña destinada a arder ceremonia pública se hacinaba ya en los quemaderos.

¿Qué cabía esperar de un país cuyo ideal de mujer era la mujer-varón encarnada en su muy Católica y Benigna Reina y el amor de los de mi especie al varón castigado con tormento, autos de fe, perdición eterna? El dilema que nos apresaba no concedía escapatoria alguna a los nacidos en cuna pobre o manchada. ¡Debíamos ser viriles, pero castos a fin de no emblandecernos ni afeminarnos! Recitábamos para consolarnos los versos inflamados al Amado de Juan de la Cruz y la Madre Teresa: nadie osaba ponerlos por escrito por miedo a los malsines que proliferaban por el aire como mosquitos voraces. También corría de boca en boca la atrevida sentencia de Juan de Ávila: «Los penitenciados por la Inquisición, mártires son.» Mas ni yo ni mis pares queríamos ser mártires: la inquietud que nos corroía no nos dejaba un momento de descanso, nos incitaba a la temeridad.

(Aborrecíamos la maldición de la castidad y hacíamos burla de ella en nuestros conventículos, disfrazados con prendas femeninas, con castañuelas, canciones y algazara de palmas.

Una novicia de sotana rosa bailaba con simulado falo y arqueo de nalgas, un zapateado de coreada letrilla

Un fraile dijo a otro fraile:
¡maricón, maricón, el que no baile!

hasta caer exhausta.)

Escuchábamos, muertos de envidia, los relatos de moriscos, aventureros y cautivos por tierras del Turco. Allí gozaban todos de libertad sin traba: las mujeres del harén se recreaban y daban contento entre sí o recurrían a la pericia y arte de los castrados; los del ojo trasero servían a los jenízaros más bragados y eran servidos por ellos. La descripción del capitán Caracucha y otros jayanes embadurnados de aceite, bien trabados de miembros y fornidos de espaldas, nos arrebataba a un mundo más arriscado y bello, lejos de la maldad e inquina de nuestros predios mezquinos. La pintura de sus nudosos brazos y robustos pechos, del fulgor de sus ojos encendidos de fuego, avivaba la llama e imantación del deleite prohibido. Asidos como por fortísimas tenazas, nos decía el morisco, se tentaban las fuerzas unos a otros, arrastrándose unas veces atrás, otras adelante y otras alrededor, como toros azuzados por rabiosos celos. Pero aquel paraíso de luz y regalo del ojo nos era vedado: nuestros sueños de evasión se desvanecían en humo, pura entelequia o quimera.

Desde el acoso iniciado un siglo antes, todas vivíamos de centinela. El prendimiento de Fray Juan de la Cruz por los Calzados en su casita de la Encarnación y su traslado secreto al convento de muros inaccesibles sito en la orilla derecha del Tajo habían sembrado el pánico. Nadie, absolutamente nadie, estaba a salvo de la bien tramada red de malsines. Unos éramos sospechosos de herejía, otros de ser sodomitas o bigardos, otros aún de pertinaz rebeldía a los muy santos custodios de nuestro Credo. Vivíamos en tiempos muy recios, tanto que no podía decirse cuál era más peligroso, si el hablar o el callar, había escrito a Erasmo su corresponsal predilecto. En las cátedras y aulas universitarias la presencia de espías acallaba cualquier intento de reflexión. Los ministros de Dios nos leían los pensamientos y deseos por ocultos que fuesen y nos veíamos forzados a confesarlos bajo tormento.

Recuerdo el día en que un prior, activo diseminador de su simiente en las mozas de Castilla y Aragón, me trajo un ejemplar muy antiguo del *Cancionero* en el que figuraba la obra de Fray Bugeo —con quien fui uno en alguna de mis pasadas transmigraciones— a fin de que lo llevase a la Casa Madre y lo pusiera a buen recaudo. Su descubrimiento, me dijo, podría acarrearle problemas más graves que los del Deán de Cádiz porque no cabía ya carnalidad alegre en unos reinos entregados al castigo de los sentidos y exaltación de doña Cuaresma: ¡tres monjes beguinos y una beata revelandera acababan de ser quemados por brujería en la plaza mayor de su pueblo!

Así, permanecía la mayor parte del tiempo encerrado en mi cámara con un sirviente filipino con quien sólo comunicaba por señas, sin osar asomarme a la calle sino de noche prieta. Íbamos a visitar al griego Demetrio que, injustamente acusado de abluciones islámicas, había sufrido un año de encierro en una mazmorra y, tras salir blanqueado de la prueba, vivía pobremente en el cuartucho de un corral frecuentado por la gente del hampa: en él nos colábamos mi fámulo y yo a amortiguar nuestros ardores con algún esclavo moro o un rufián de galeras mientras el muy franco y bermejo prior y otros prestes convenientemente embozados aliviaban los suyos con mozas arreadas y dispuestas. Debíamos aceitar las ruedas de la máquina para que los del Santo Oficio cerraran los ojos o miraran tuerto. Tras la máscara de una muy grande virtud, España era una almoneda: todo tenía su precio y los señores inquisidores y sus sicarios se henchían como sanguijuelas.

Siglos después de mi muerte, cuando vagaba entre los astros en busca de nueva transmigración, leí la versión novelada de mi visita a Fray Juan de la Cruz en su prisión toledana: no sé si las cosas sucedieron así —los años no transcurren en vano— ni si evoqué estos recuerdos en un extraño congreso interdisciplinario de sanjuanistas en un balneario de cartón piedra a orillas del mar Negro. Las fechas se confunden en mi memoria, personas y objetos se difuminan y se borran, dichos y hechos corresponden quizás a épocas distintas y encarnaciones diversas. Sólo la patria en la que el destino me condenó a nacer al hilo del tiempo permanecía idéntica: mentes ociosas, vidas harapientas, paisajes adustos, pueblos petrificados, abrasión eólica. Así la vio

Faustino Sarmiento y la vi yo en el curso de mis vuelos y planeos hasta la invasión francesa y las guerras civiles, cuando la saña y rencor acumulados pudieron manar a espuertas y en nombre de Dios, de la patria y del rey se puso en marcha el engranaje de arcaduces de la noria, vacíos al entrar en el pozo y cargados al salir dél de sangre y más sangre.

Dicen que la Inquisición fue abolida pero, ¿no subsiste acaso, escondida, en lo hondo de nuestras cabezas?

6

Mi nueva transmigración se produjo de manera tan cruel como inesperada. No fui proyectado a cureña rasa en el útero sino creado a vuela pluma en los pliegos de un manuscrito que me llevó de hilo de la cuna al sepulcro: no un ser de carne y hueso, como en reencarnaciones anteriores, sino un héroe o, por mejor decir, antihéroe de pura entelequia. Concluido el relato, mi autor me devolvió a la nada, sin concederme siquiera la fortuna de sobrevivir en nuevos pliegos de su invención. Con ello me quitó de mi condena a galeras pero, como el Júpiter o Dios de quien abominaba, me mostró que la escritura era tan bárbara y desatinada como el Fiat que engendró la fábrica deste universo: la chapuza o gran pastel de la Creación.

Me atribuyó, con la misma arbitrariedad y desdén que rigen la máquina del mundo, un linaje maculado, objeto de desprecio del enemigo vulgo, con sambenito colgado del techo de la Iglesia Mayor. Tampoco me otorgó la ventura de nacer en cuna rica —dineros compran noblezas y ejecutorias de hidalguía— para ir con el hilo de la gente y lucir mucho toldo: que no hay otra cordura ni otra ciencia en el hombre sino tener y más tener. Privado de cuanto sustenta vidas y haciendas, llevaba desde niño la soga a rastras y a quienes deseaba agradar a fin de granjearme sus voluntades dábanme en las mataduras con saña, apartándome de sí como a un cancerado.

Tras hacer cuenta con la almohada, mudé de nombre, nacimiento y linaje con la esperanza de desmentir los espías y ser conocido por don Guzmán de Alfarache. Aunque no era ignorante, tenía mucho por desbastar y me esforcé en aprender letras y maneras corteses, haciéndome de los godos y burlándome aún de los de sangre cansada. Era todavía mozo mas, con mis arreos y plumas de hidalgo, me resolví a salir de la mil veces bendita España e ir en busca de mejores y más limpios ancestros. Los apuros y accidentes de mi viaje a Italia los conoce el lector. Mi hacedor no me excusó dellos, zarandeándome como el viento, de la buena ocasión a mal trance, enhestándome más para mejor derrocarme. Volvía la hoja y me dejaba ciscado, por aquello del refrán «del bien acuchillado se hace el buen cirujano». De tosco y lanudo —la necesidad tiene cara de hereje— pasé a fino y madrugado, a la vera de los maltrapillos y mozos gandules con los que me frotaba: tan pronto a caballo con ricas gualdrapas como hecho un espantajo de higuera, un día con dinero en tabla y otro expuesto a la luna, entre machines y matachines que hacían higa de mi honra y abusaban de su fuerza. ¡Yo que huía de quienes se meten en corro, fiscalean linajes y arman sospechas sobre el aire, me vi repudiado por mi familia genovesa, convertido en objeto de su befa y desprecio! Me afufé como pude, con los atabales a cuestas, y encaminé mis pasos a Roma, la Ciudad Eterna, sede de nuestra santa e infalible Madre. Era un pensamiento, tal como corría de ligero. Cuando allá llegué, me reventaron las lágrimas de gozo: quise abrazar sus santas murallas, besé su santo suelo.

Con mi pierna llagada por lances y percances que no vienen a cuento, púseme a pedir a la puerta de un cardenal poco amigo de pendones y famoso por su piedad, y como él saliese de su palacio sacro, reparóse a oírme: «Dame noble cristiano, ten misericordia deste pecador afligido y llagado, impedido de sus miembros! ¡Mira mis tristes años! ¡Oh, Reverendísimo Padre, Monseñor Ilustrísimo!»

Monseñor, después de haberme oído atentamente y conociendo con lumbre maravillosa y verdad de grano puro lo atribulado de mi condición, apiadóse en extremo de mí. Mandó a sus criados que en brazos me metiesen en casa y que, aligerándome de mis viejas y rotas vestiduras, me echasen después de asearme, en su propia cama y en otro aposento contiguo pusiesen la suya.

¡Oh bondad grande de Dios! ¡Larqueza de su condición hidalga! Desnudáronme para vestirme, quitáronme de pedir para darme y pudiese dar. Nunca Dios quita, que no sea para hacer mayores mercedes. Este santo varón lo hizo a su imitación. Luego de asegurarse de que me hallaba limpio y arreado, Monseñor se acercó bonico a mi cuarto. Holgóse de verme porque correspondían mucho mi talle, rostro y obras. Con la diligencia del santo curtido y cursado, se inclinó a contemplar mi natura y la acarició con manos de seda. Entre retozos, meneos e invocaciones a la Madona, de la cual era muy devoto, completó su labor y contentamiento con muchas mercedes limpias de polvo y paja.

«A tuerto o a derecho nuestra casa hasta el techo», dijo. «¡Entre sastres no se pagan hechuras!»

No cuento más porque los ejercicios de santidad son agua viva, pan bendito, goce propio de ángeles.

Gran regalo de Dios fue todo ello así como las gracias y beneficios que sobre mí llovieron. En esto no se extendió mi escritor por no ser leña de hoguera, y aunque el descuido de nuestros piadosos vigías le concedió el nihil obstat se vio forzado luego a poner mar de por medio y huir a la Nueva España sólo con lo puesto.

Monseñor amaba tiernamente a los que le servían, poniendo después de Dios, todo su amor en ellos. Deseaba tanto mi remedio como si dél resultase el suyo; y, para probar si pudiera arrimarme a cosas de virtud, jugaba al amagar y no dar, quitándome las ocasiones y deseo de derramarme en exterioridades. De sus niñerías, cuando las comía, partía conmigo: «Guzmanillo, esto te doy por treguas, en señal de paz. Conténtate con este bocado y sé mozo de buen término que el agasajo vendrá luego.»

Decíalo sonriéndose con alegre rostro, sin reparar que estuvieran en su mesa nobles ni señores. Era humanísimo caballero, trataba y estimaba a sus criados, favorescíalos, amábalos, haciendo por ellos lo posible, con lo que todos le amaban con el alma y servían con fidelidad; que sin duda el amo que honra, el criado le sirve, y si bien paga bien le pagan. Por no dejarme solo, expuesto a la tentación de las mujeres de loco vestir y descaradas palabras que merodeaban de noche bajo nuestras ventanas, se tendía en mi lecho y me regalaba con los preces y bendiciones de su breviario.

La envidia de otros pajes a mi estado de gracia coaligó contra mí el infundio y falseo. Motejándome de ladrón descubrieron mis malas inclinaciones de tahúr capaz de poner los propios vestidos en cobro, murmuraron de mis correrías y andanzas de nocherniego. Viéndome un día con sólo un juboncillo y zaragüelles, Monseñor, con el rostro encapotado, me despidió de su servicio para ponerme a prueba y por muy que quedara con el alma partida y me enviara después mensajeros con toda guisa de señuelos significando lo mucho que me quería y sufría de mi ausencia, hice oídos de mercader y no escuché sino mi despecho: estendíme como ruin, quedéme como ruin y fui ingrato a las gracias y beneficios de Dios, que por las manos de aquel santo varón de mi amo, me hacía. ¡Qué desleal a la caridad con que fui servido! ¡Qué sordo a las graves y prudentes razones con las que fui reprehendido! ¡Qué ciego a sus donaires y obras! Las desenvueltas travesuras de Monseñor manifestaban su condición real, heredada del Padre verdadero, de hacer bien y más bien a los tales como yo.

Volví así a mi vida al descubierto, portamantas a cuestas, y aunque curaba de sacar las brasas con mano de gato y traía más rabos que un pulpo, mi dañada intención me arrastraba a nuevos lances y atolladeros. ¡Mejor ser ignorante como un buey de cabestro que un burro cargado de ciencia!: mis pretensiones de figurar como el que no era me hicieron caer en la red y dar con los huesos en ese hospital con rejas al que llevan a tumbos la ruindad y la pobreza.

Mostróse riguroso el escritor con mi soberbia y terquedad. A fin de castigarme a cuerno tuerto, luego de casarme con cascabeles, me graduó de alcahuete y me hizo vender a bola vista lo que no tiene ni debería tener precio: se decía sin rebozo ni máscara que yo traía sosiego con mi mujer a un rico comendador y él me traía a mí hecho un Adonis, pulido, galán y oloroso, por mi buena solicitud a sus deseos.

La pena que yo tenía era verme apuntar el bozo y barbas y que me daban con ello en ellas; y como a los pajes graciosos y de privanza toca ser ministros de Venus y Cupido, cuanto más cuidado ponían los otros en componerme y aderezarme, tanto más crecía en ellos su desdén a mi comercio. Pero como todo en nuestra feria es cuchillo de dos tajos, me daba poco ser de manchadas costumbres y enlodado con lenguas.

Mi creador proseguía mi ajetreada vida peldaño a tramo, siempre cuesta abajo. Hurté, consentí, mercadeé la natura de mi mujer, volví al juego, di saltos de vago, caí preso, fui condenado a galeras. Aunque escalé el valimiento del cómitre, por haberme hallado igual a todo su deseo, y con el amor que me tenía no me impusiera la dura servidumbre del remo, mis astas y mi coleta alimentaban la burla y la malquerencia: mi linaje cobarde y suaves maneras estaban en boca de todos.

Mas lo que a la verdad azuzaba mi temor y congoja era el célere correr de los pliegos impresos: veía acortarse la distancia que me separaba del final de la Segunda Parte de mi vida, sin grandes esperanzas de que mi creador acometiese la tercera. ¿Cómo podía rebelarme contra un destino trazado en muy concertada trama? Mi odio al escritor y los que se holgaban con la lectura de mis desdichas era tan recio como el que él profesaba al Hacedor de la gran fábrica del universo. Como el Júpiter —llamémosle así por elemental cautela— que alegróse, se dice, de ver la belleza del orbe con sus astros y constelaciones, él se afanaba, con el docto saber y mucha librería de los que quieren ser tenidos por sabios, en rematar la novela sin parar mientes en que al hacerlo me devolvía a la nada de que salí en su comienzo; y, como el asno creado con anterioridad a Adán, yo ardía por dar saltos y ensuciar el libro con la rociada propia dél, dejando puerco e inmundo el espacio del discurso en que me metió. Aquella debía ser mi salva de honor y no las frases despiadadas con que clausura el postrer capítulo.

Mi cruel inventor me lo había anunciado a lo largo

de las dos Partes de la obra: «De Adán a mí han pasado muchos y ninguno dellos ha quedado en el siglo vivo.» Mi existencia de Guzmán fue todavía más breve. Él vivió aún unos años a trancas y barrancas y salvó piel y huesos del quemadero. A mí me dejó amarrado y sin espera. Dio punto y fin al rosario de mis desgracias con un irrisorio Laus Deo.

Del mástil de la galera colgaban, como prueba del disparate y desastre de la Creación, las orejas y narices de muchos moros. Tampoco mi autor tuvo piedad dellos.

7

¡Divina sorpresa!

Al crecer y allegárseme el ánima al cuerpo perecedero descubrí frente al espejo que carecía del bultito con el que acostumbraba reencarnar: en vez de la fatua excrecencia de mis transmigraciones anteriores, disponía de un órgano hendido y labiado, con un diminuto botón de nácar cuya perfección me arrobó.

Aquella graciosa y recoleta maravilla proclamaba mi condición de virgen purísima y resolví serlo hasta el fin de mis días, sin ensuciarme jamás con varón. Desde que dejé la teta y empecé a jugar con la razón, permanecía horas y horas absorta en aquella singular novedad, buscando cómo sacar fuerzas de mi flaqueza y defenderme de las asechanzas del mundo. Memoricé así todas las oraciones del santoral y un gran acopio de sentencias y consejas latinas, fingí cavilar y sumirme en meditaciones profundas sobre las benditas almas del purgatorio y el misterio de la Trinidad. Disfrutaba del asombro y admiración de los adultos, de la delicia de oírme llamar santa. Aunque no me cupo la suerte de vivir en un siglo de gloria mediática, actuaba con la profesionalidad de una artista a la luz de los focos, frente al ojo avizor de la prensa y sus cámaras. Emulando a los ángeles y criaturas celestes, me alimentaba exclusivamente de flores y del rocío que las perlaba. Mi casa se iba llenando de dineros, ofrendas y exvotos, como la capilla de Cristo en agonía de la iglesia mayor.

Había visto a una Señora bella, luminosa y translúcida que levitaba frente a mí y me miraba con muy benignos ojos. La Dama se recreaba en la visión de mi huertico y, con dulces y suaves maneras, me ofreció una corona de rosas para que la ciñera a mi cintura en prenda de perpetua castidad.

«Dios te quiere para Sí entera y te encomienda que transmitas Sus palabras al mundo. Muchos males acaescerán en la Tierra si los hombres se entregan al vicio de la lujuria. Habrá guerras, terremotos, peste, vendavales y otras fieras señales de muerte y desolación. Di a los fieles que recen y ayunen, que Dios está enojado con ellos y, cuanto más confiados se sientan, más presto les castigará.»

El día en que recité de corrido las súmulas de Tomás de Aquino, sané con mis cintas a dos enfermos graves y levité en el jardín con mi aureola dorada, mi fama se extendió. Me agradaba encerrarme en la alcoba con mi espejo de cuerpo entero y mientras, fuera, decenas y aun centenares de devotos gemían y oraban de hinojos y se daban golpes de pecho, yo examinaba mi botoncillo y su linda caracola de nácar, enamorada de la nitidez de sus líneas, acariciándolos con la yema de los dedos hasta humedecerme de amor. ¡Cómo despreciaba la rudeza y brutalidad de los hombres y el acto vil con el que procrean! Sus maneras toscas y aliento espeso (¡conocía los de mi progenitor!) me causaban vómito. Mi universo era un prado de niñas desnuditas y pulcras, entregadas a sus juegos de aguas con la retozona candidez de la infancia. El Señor y Su Divina Intercesora me sonreían de lo alto y me exhortaban a mantenerme pura con ayuda del Ángel de la Guarda y una alígera banda de serafines.

Conforme yo triunfaba y se multiplicaba el número de mis devotos, aparecía con mayor frecuencia ante ellos con los estigmas de la Cruz o levitaba sobre las ofrendas, cada vez más abundantes y ricas, depositadas en el portal de mi casa. Ni Bernadette Soubirous ni los pastorcillos de Fátima disfrutaron de tanta gloria como yo. Sin meterme en asuntos de política como ellos ni condenar el comunismo ateo, orienté mis revelaciones a las obras del sexo. Afirmé que el acto de carne, aun el de las personas unidas por el sacramento del matrimonio, ofendía la vista de los entes y poderes celestiales: los ángeles se tapaban los ojos para no verlo, a la Virgen le provocaba arcadas, San Tarsicio sufría un martirio más recio que el que le infligieran sus verdugos romanos. «Ellos ven cuanto hacéis», les decía, «aunque lo hagáis a oscuras, y aborrecen vuestra incontinencia. Las mujeres nacemos enteras y debemos morir enteras. La procreación es un ardid del diablo.»

Hubo discordias y controversias. Unos creían en la verdad de mis dichos y otros me ponían de chicuela mocosa y llena de aire. Los inquisidores despacharon espías para vigilarme y fiscalizar mis alimentos y aguas, llevar la cuenta exacta de las preces y ensalmos que recitaba. Luego, alguien atestiguó bajo juramento que me había visto jugar con el lindo botón de otra niña y haber dado en ello grandes muestras de contento. Quisieron prenderme y llevarme enjaulada al exorcista más famoso de la diócesis, mas yo me adelanté: levité, volé y volé lejos de la península. En el serrallo del Gran Turco inicié una nueva vida. Protegida del mundo por la inviolabilidad del harén, disfruté hasta la muerte de la compañía de otras mujeres, servida y agasajada por los eunucos. Cumplí así mis deseos y los de Dios Nuestro Señor.

8

Durante la procesión penitencial de las jaulas, desfalleciente el sol, enfermo el cielo, evocaba el señero y ya desvanecido fulgor de mi amo: sus fiestas, amores, torneos, desafíos reales, poemas incendiarios, sutilezas alquímicas. ¿Quién, sino él, fue alma de una Corte de presunciones vanas, razones muertas, sinrazones vivas?, ¿quién el burlador de monarcas, azote de validos, conquistador de damas, actor de alegorías, protector de los pájaros de mi plumaje y pluma? Sus yerros amorosos en sonetos mudados, las dulces yeles en floridas quejas, fue con don Luis de Góngora el rey de los poetas. Así lo veo yo: al soplo de contrario viento, inmune a la caduca gloria de poder, a la argentería de linajes viles. Ni máquinas de ambición, ni aplausos de ira, ni títulos de aire doblegaban su voluntad de acero. Su muerte a mano airada en calle angosta fue acallada con nudos de eficaz misterio. ¿Quién maniobró los cuchillos del guarda mayor de los Reales Bosques y del ballestero del Rey con que lo ejecutaron? Tanta sangre y saña, ¿venían de amantes despechados o de la radiante monarquía del sol? Don Luis nos hizo llegar con recato estos versos: Mentidero de Madrid / decirnos, ¿quién mató al conde? / ni se sabe ni se esconde / sin discurso discurrid; / dicen que le mató el Cid / por ser el Conde Lozano / ¡disparate chabacano! / la verdad del caso ha sido / que el matador fue Bellido / y el impulso soberano. ¡Días de gloria en tormentos tan ásperos trocados! Silvestre Adorno nos mandó aviso del grave peligro que corríamos. Pero, ¿adónde huir? Todo eran muros sordos y paredes ciegas: bastiones colgados de alfileres, prestos a derrumbarse y a aplastarnos.

Desterrado tres veces de la Corte por quienes temían la mordacidad de sus sátiras y a su vista desmedraban de envidia, había vuelto a ella con todos los atributos de su briosa alcurnia: montado en soberbio alazán, tocado con un sombrero ornado de un flameante diablo y la retadora divina: *Más penado, más perdido, y menos arrepentido*. Su Majestad, con rostro demudado, tuvo que tragarse el sapo. La reina sonreía, según los testigos, con alborozo mal oculto. ¿Es cierto, como dijeron luego, que para probar el amor que le profesaba, y al que ella correspondía, se presentó en las justas taurinas con el traje cubierto de reales de a ocho y con escarnio del monarca y escándalo de tontivanos enhestó el lema *Mis amores son reales*, jugando audazmente con el equívoco? Así lo difundió la leyenda que él mismo forjó. Su carrera vertiginosa de amante, aventurero, tahúr, bardo y erudito concitaban contra él la furia y el rencor de los zaheridos. Pese a las cortas luces de mi edad, recitaba de oídas sus poesías:

> *Tan peligroso y nuevo es el camino*
> *por donde lleva amor mi pensamiento*
> *que en sólo los discursos de mi intento*
> *aprueba la razón su desatino.*

Y ese soneto agorero que escondí del sayón cuando con cepos y cadenas me apresaron:

> *a morir me conduce mi cuidado;*
> *y me voy por mis pasos al tormento*

sin que se deba al mal solicitado
los umbrales pisar del escarmiento.

Yo le servía en sus aposentos, cuidaba de su vestuario, guiaba con una antorcha a las damas que en secreto venían a visitarle. Si él las regalaba con sus maneras y partes, ellas le ofrecían también sus perlas y alhajas. Yo y los demás escuderos a su servicio, permanecíamos quedos, a la escucha de los gozosos ayes y suspiros. La reina en persona acudía con el rostro cubierto y una rica capa de embozos de terciopelo rojo. Las batallas de amor se prolongaban hasta la ceja del alba. Nosotros y el cielo fuimos los únicos testigos.

Don Luis de Góngora era su confidente y maestro. Le mandaba buscar con su carroza bien dispuesta, como si vate no, príncipe fuera. El cordobés escuchaba, y a veces aducía razones y acendraba la nitidez de sus versos. El conde atendía los consejos con filial devoción. El amor compartido a la palabra exacta, a la bella trabazón del metro, fundaba una amistad de solidez inquebrantable. Las infamias rimadas de Quevedo eran objeto de discusión: ¿había que responder a tan abyecta materia? Con luz altiva, don Luis sostenía que no. El tenaz odiador no podía ocultar la luz del sol por mucho que porfiase y escamondara su musa. ¡Quien con alas de prestado ascendía a las estrellas sólo sacaría de ellas volver al suelo estrellado!

«Quedan, muerta la luz, vivos despojos», decía el uno.

«Pues olvido es el mar, mudanza el viento», homenajeaba, respetuoso, el otro.

«No los quise leer por no ensuciarme», parodiaba mi amo. «¿Quién sino el rehez lengüilargo verduguea coplas y vocablos?»

Así pasaban horas con sonetos, romances, letrillas, madrigales, del cenit solar a los dudosos términos del día. ¡Tiempos felices que el abrupto puñal cortó de un tajo! A descubierto quedamos: en aprensiva espera del ajusticiador que no tardaría en visitarnos.

(Nos apresaron de noche, a mí y a otros pajes acusados de pecado nefando, del *crimine pessimo*. De la prolija cárcel del deseo a lóbrega mazmorra caí y di con mis huesos. Los malsines habían registrado en sus legajos «de bujarrones anda el año franco». Mis muy sabrosos juegos en la cuadra escuderil del conde confesé y signé. Atestaron de mi que «tomaba medicina por el siseo de mazacotes de bragueta presta»; que «entrábanme el basto con muy sagaz denuedo» y «sirena fui de todas presas, pues así despaché humildes como gruesas». Quisieron arrancarme con suplicios a quien aludían los versos de don Juan de Tassís: el «verga en alto su bajel gallardo» y «flora fui intestinal cuando lasciva». ¿Se referían al prófugo Silvestre Adorno aquellos de *tanto puede variar / esta mina de braguetas / que no tenga de las setas / ninguna ya que probar?* Mis doctos e implacables fiscales ignoraban el ímpetu del dios ciego y el dulce rigor de sus arpones: ese abismo de goce que ninguna ley eclesiástica podría arrebatarme. Grité y aullé, mas no me retracté ni pasé al canto. Me condenaron así a ser leña de hoguera. Enjaulado me llevaron a la Plaza Mayor, entre judíos y herejes encorozados. Muchas damas de la Corte se compadecían de mi y mis tiernos años. Lágrimas humedecían las mejillas en graderías y balcones mudos. Sahumerios y preces, velillas penitenciales y brea. Prendiéronme fuego y ardí. El mundo me dejó y yo dejé el mundo.)

9

Fui el primer antecesor de Tristán Shandy, Blas Cubas y Cristóbal Nonato, aunque a diferencia del último no concluí mi vida literaria en la puerta del claustro materno ni pude dialogar con el lector-elector a través de sus múltiples velos.

Mis padres solían platicar sobre faltarles herederos hasta que un día, estando mi madre bien descuidada, yo llamé a la puerta de su estómago con un vómito. Bien temía ella mi venida, no habiendo recibido el correo ordinario: tres meses sin carta mía. Conforme aumentaba mi volumen y acrecían sus ansias, discutía con su marido acerca de mi sexo. Ella quería una niña, ignorando el bultito que apuntaba ya en mi bajo centro.

«Pecadora de vos», le respondió él. «¿No veis que la hija no levanta generación y el hijo sí?»

«Ya sé», decía ella, «que una hija no levanta lo que levanta un varón, pero tal vez una sola mujer ha levantado a muchos hombres del polvo de la tierra y puéstoles en el cuerno de la luna».

Poco a poco, conforme transcurrían los días y se trataban y fortalecían miembros y potencias de mi cuerpo, advertí el peligroso embudo de mi nacimiento: asomarse a la vida es caer en la muerte. Como enseña la historia desde que el mundo es mundo, pañales de hoy son mortaja mañana. De la cuna al sepulcro, del primer vagido al estertor último media un tiempo infinitesimal comparado con el del Señor tras su antojo de crear a Adán. Atemorizado por ley tan bárbara, resolví aferrarme a los cabos y salientes de la gruta que me protegía y no respirar aire. Aprendía las lecciones de la vida sin moverme de mi aconchado refugio. El conocimiento de las brutales desigualdades del mundo, del abuso de los señores, miseria de los vasallos, plaga de los malsines, robo de los ministros, reconfortaba mi decisión de resistir a la naturaleza y la reiteración de sus ciclos. Adivinaba por la conversación de mis padres y sus charlas con los vecinos que vivíamos en un país decrépito y abocado a la ruina: una república devoradora de sus propios hijos, un predio de irremediable esterilidad, prisión del entendimiento y mazmorra de los sentidos. ¿Podía admitir, después de nueve meses de venturosa clausura, que me arrojasen a otra cárcel mucho más sombría? ¿Qué era el universo sino un acopio de pretensiones hueras, linajes fantásticos, mezquinos logros y muy ruines tratos, una escena o corral de fingida piedad destinados a ocultar la rabiosa sed de poder y dinero? Quienes andaban día y noche registrando acciones, anotando semblantes, acechando ojos, escrutando ideas, calumniando labios, ¿iban a consentirme el deseo de vivir sin ataduras o de pensar por mi cuenta? ¿Qué torpe decisión me engendró para arrojarme luego por tan sucio despeñadero?

Soñaba con Tristán y el tío Toby, en las andanzas brasileras de Blas Cubas, y dialogaba en mis adentros con Cristobalito, forjándome genealogías quiméricas pero capaces de enlazar la acerba y menguada Castilla de los Habsburgos con las felices playas de Acapulco en donde el 12 de octubre de 1992, día malhadado de la Hispanidad y las fanfarrias del Quinto Centenario, aquél se asomaría al mundo. Todas mis locas fantasías convergían a otro orbe, ajeno al de mi inventor y su triste destino: mudar de estado y dejar su patria, para volver a ella a escondidas, ser delatado por los espías y morir en muy secreta cárcel.

Las risas que escuchaba del vientre me sabían a lágrimas. ¿Por qué me forzaban sin piedad a entrar en el siglo sabiendo lo que me aguardaba? El necio e insulso Gregorio Guadaña, no metamorfoseado por obra de un genio como Gregorio Samsa, ¿merecía en verdad los trabajos y días de una crianza que a la postre no serviría de nada? ¡Ojalá mi inventor no me hubiese dejado en las primeras páginas de su manuscrito por habérsele quebrado la pluma o secado el tintero! ¡Así habría gozado de la dichosa existencia del feto, mecido con rumores y aguas, en vez de comenzar la cuenta atrás de mi vida zarandeada en una España de hombres encantados, hostiles a toda actividad productiva y libre ejercicio del pensamiento susceptibles de perturbar la quietud de la mente y sosiego del gesto! Nada de eso acaeció y me desviví al correr de la pluma, maldiciendo el empeño de mi cuitado escribidor y el de Quien, por prurito de ser conocido, ingenió la aparatosa y absurda máquina del mundo.

No alcancé la gloria póstuma de Tristán ni de Blas Cubas ni de Cristóbal Nonato: me quedé en Gregorio Guadaña y pasé de la nada a la nada.

10

Vagaba por los cielos perdida en la inmensidad de un vacío poblado de estrellas y astros, tratando de adivinar los signos del Zodíaco y cuál me correspondería. Me acordaba de Empédocles de Agrigento y sus suaves palabras: «he sido un niño, una muchacha, una planta, un pájaro y un pez mudo que surge del mar», pero no acertaba a desprenderme de la triste condición de ser racional y persistía en mis transmigraciones, condenada por cruda sentencia a mudar de envoltura carnal y despedirme del siglo

Cuando exhalé mi postrer suspiro por boca de Gregorio Guadaña resolví asesorarme con un alma amiga de Fray Bugeo que había pasado por docenas de cuerpos sin aquerenciarse a ninguno.

(Había sido esclava bozal, indio de encomendero, matachín de taberna, cornudo con astas de ciervo, moza garrida de mesón, terciario franciscano, obispo *in partibus*, privado del Rey, barragana de un prior, fugitivo de la Inquisición, mancebo de amables partes y menguado juicio.)

«¡Tanto trasiego y peregrinación para caer siempre en lo mismo!»
(Se consolaba, me dijo, leyendo a Gracián y a los poetas y prosistas latinos.)

«¿Quién decide nuestra suerte con tanto descuido y capricho?», pregunté.

«Bautízalo Júpiter o diosa Fortuna que en tiempos como los que corren llamarlo por su nombre sería una muy grande temeridad.»
(Mi afán de saber le disgustaba y se removía con muestras de desazón.)

«Dime, si lo sabes, qué ley rige al mundo creado y las criaturas racionales que lo habitan.»

«El goce carnal y el dinero», dijo. «¡Lo demás son patrañas forjadas para crear sentimientos de culpa en la grey y afianzar el dominio de los que se arrogan el poder de pastorear el rebaño!»
(La vi emprender vuelo y perderse entre nubes, sin ningún gesto de conmiseración.)

Abandonada a mi erranza, fui mujer y varón, grande de España y mendigo, zurcidora de honras y partera de muchos saberes y escamas
bailé con donaires de rana para nobles tronados y

adoctriné en vana ciencia a bachilleres zotes, encarné doncella y me hice apuesto galán por causa de la muchacha que amaba

(descubrí que el palitroque era superfluo y la lengua tenía mejor uso y práctica)

al canto del gallo pitagórico amanecí cómitre de bigote flameado e hinqué lo mío en los galeotes más jóvenes, y horas después desperté preñada de ocho meses y con ansias de vomitar las entretelas del alma

Imaginaba que era Dios al alba de la Creación, en el momento en que el sol ilumina despiadadamente el mundo y descubre la irremediable magnitud del Desastre

guerras, persecuciones, tiranías, hambre, religiones dogmáticas y opresivas, esclavitud de la mujer, aberraciones doctrinales, hipocresía conciliar, celibato eclesiástico, ley divina contraria a la natural, castigo de la carne, lapidación de adúlteras, quema de nefandos

De cuerpo en cuerpo, en continuo peregrinaje y erranza, descubría la vana hinchazón de los nobles, la miseria y apuros de los hidalgos, el estado andrajoso del pueblo, el descrédito del trabajo y comercio, la amargura de los estudiosos, la vasta ladronera de los ministros, la necedad e incuria de los monarcas

Gusté de la tibia leche materna, del semen vertido en mis fauces, del derretimiento interior de las cavidades visitadas por dedos y lenguas, de toda suerte de bebidas, vinos y manjares

Toqué, palpé, acaricié, succioné pezones y pijas, nalgas opulentas, medialunas traseras, reconditeces umbrosas, cuevas de deliciosa humedad, fragosidades y estalactitas

De súbito, como en una teofanía fulgurante, divisé a Fray Bugeo envuelto en el halo espiritual de su manto de Archimandrita. Me halló, dijo, triste y mortecina, con escasos deseos de prolongar mi existencia temporal.

«No debes desanimarte, aconsejó. Eso ha sido siempre así desde el comienzo de la Reconquista. El pecado de carne es obra del diablo a fin de reblandecernos y afeminarnos. ¿No conoces la historia del bellísimo efebo Pelayo, que prefirió la tortura y la muerte a ceder a los torpes deseos del califa Abderramán? Nuestros compatriotas han identificado desde hace siglos los goces prohibidos con sus enemigos mortales. Todas las crónicas medievales insisten en ello.»

«¿No sería mejor para mí nacer mujer y disfrutar con mis partes como la señora Lozana?»

«¡Dios te libre de tan pueril pensamiento! Las mujeres han sido y son la causa de la perdición del alma. En una de mis visitas a Roma con otros directivos de la Obra, Monseñor amonestó a sus hijos, venidos de todos los confines del mundo, y nos puso de ejemplo el heroísmo del dulce (ignoraba, claro, la connotación de este adjetivo en la lengua árabe) San Bernardo que, para defenderse de la mujer que se coló en su lecho y con intención lasciva de *procax meretrix cum palpabat*, se mantuvo insensible a sus caricias conforme al *fugite fornicationem* refrendado por numerosos concilios eclesiásticos.»

«¿Qué puedo hacer entonces, reverendo padre? ¿Ser mujer varonil? ¿varón aburrido y casto? Ni lo uno ni lo otro me tienta. ¿Estoy condenada a renacer para ser otra vez perseguida?»

«Que el fuego del amor no sea un fuego fatuo. Cuanto se hace por amor adquiere consistencia y se engrandece. Escucha a Monseñor: "vamos tú y yo a dar y darnos sin tacañería".»

(Nuestras almas holgaban por los cielos cerca de unos cirros y estratos en donde, según el ubicuo y anacrónico *père de Trennes*, solía merodear el martirizado niño Pelayo.)

«¡Viciosillo se me ha vuelto! (sonrió). Ahora anda todo el tiempo en busca de ligues, del certero espolón de algún Tirofijo de los que gustan al santo de Barbès. Pero acá no hay arqueros ni cabos de artillería. El otro día tropecé con él y le amonesté cariñosa, pero firmemente con palabras de nuestro Fundador: ¡deja esos meneos y carantoñas de mujerzuela o de chiquillo! ¡Sé varón!»

«¿No le sentaría mejor un cambio de sexo?»

«Ya sabes que las mujeres son ligeras de cascos y propensas al vicio. A Monseñor le desagradan los caracteres dulzones y tiernos como merengues. Sus máximas han sido preciosas para mí. Gracias a ellas, he enderezado mi vida a la busca y conquista de verdaderos santos.»

(El *père de Trennes* se arropaba con su elegante capa, listo para emprender el vuelo y perderse en la inmensidad del espacio.)

«¡Por favor, no me deje!», grité.

«Tengo una cita piadosa en el cine Luxor y no quiero que se me adelante el San Juan de Barbès. ¡Me espera allí el mejor de mis canonizados!»

Sin hacer caso de mis súplicas, con el egoísmo que le caracteriza, me abandonó a mi suerte, hecha un cauce de lágrimas.

Cansada de tanta barbarie y reiteración, quise despedirme de los ciclos solares y enigmas del universo, ser pasto de gusanos y polvo del suelo mas no fui escuchada y la vuelta de la noria con sus arcaduces atestados de cuerpos caducos y sin cesar renovados, siguió y siguió

pasé del erial de los Habsburgo y el No Importa de España a los vagidos lábiles de una bienintencionada pero fallida Ilustración.

[Fui la primera novia sevillana del Abate Marchena aunque en seguida me plantó y emigró a Francia a causa de sus aficiones políticas e ideas revolucionarias. Reencarné en el paje hispano-irlandés de lord Holland —bardaje de sus cocheros y caballerizos—, a cuya mansión acudía regularmente el ex canónigo Blanco, preceptor oficial de sus hijos. Trabajé de sirvienta —pero eso es un secreto que nunca revelé a Fray Bugeo— en casa del Magistral Fermín de Pas y allí mitigaba los ardores de su temperamento con el discreto celestineo de su ambiciosa madre. Cumplí una meritoria labor de auxilio social en un burdel de la madrileña calle de Libertad y agasajé con mis artes y partes a don Marcelino Menéndez Pelayo cuando, aburrido de sus tareas científicas, daba contento al cuerpo y me invitaba a cenar en el Cuarto Nupcial que le reservaba el ama.

Luego atravesé un vacío de mucho más de medio siglo y reaparecí en Barcelona a la sombra del *père de Trennes* en figura del fámulo filipino que cuidaba de su piso de San Gervasio: era la época en la que intimó con Gil de Biedma y sus amigos, según consta al comienzo del libro. Pasaba yo entonces por tímido y reservado, pero dejé de serlo. Me solté el pelo y me uní a una vistosísima banda de pájaros.]

Capítulo VII

DEL SEXO DE LOS ILUSTRADOS
AL DE LOS *SOIXANTE-HUITARDS*

Conocía desde luego cuanto Menéndez Pelayo dice de mí en el capítulo que con cristiana generosidad me dedica: lo de polemista acre y desgreñado, materialista e incrédulo, propagador de sofismas, impaciente de toda traba, aborrecedor de términos medios y de restricciones mentales, indócil a cualquier clase de yugo... Pero lo que de verdad me irritó fue mi presunto retrato trazado a vuela pluma: me pinta en él como alguien de «pequeñísima estatura, tez morena, horriblemente feo, más parecido a un sátiro de las selvas que a una persona humana», y a continuación añade, «a pesar de ello y de su pobreza se creía amado de todas las mujeres, lo cual le expuso a lances chistosísimos aunque impropios de la gravedad de esta obra». Fui a posar de cuerpo entero a un fotógrafo del bulevar de Saint Martin y le mandé la foto con unas líneas burlonas a su domicilio de la Academia de la Historia: ¡Mírese usted en el espejo, don Marcelino! No sé si la recibió porque no hubo respuesta.

Que fui querido de gran número de mujeres lo confirman las propias interesadas: mi amiga M.P., a la que se refiere el *père de Trennes* en sus *Vidas de hombres santos*, proclama bien alto a quien quiera oírla que siempre la serví y colmé hasta el punto de situarme a la cabeza de los beneméritos en un censo amatorio de más de quinientos galanes: ¡obras son amores, que no buenas razones!, que ella tradujo por *il n'y a que les faits de plu-mard qui comptent!*

A la crítica mordaz de mis ideas filosóficas y políticas no hay nada que objetar. Menéndez Pelayo encarna el oscurantismo frailuno que más aborrezco y es lógico y natural que arremeta contra ellas. Honores hay que ofenden y vituperios que honran. A decir verdad, la cruda agresión de que fui objeto me envaneció. Precisamente pensaba en ello el día en el que tropecé con Fray Bugeo —un heterónimo del *père de Trennes*, cuya vida y milagros conoce el lector— cerca de su apartamento de la Rive Droite. El fervor revolucionario de los sesenta le había abandonado después de un viaje a la URSS y se ocupaba con santa eficacia en otros y más substanciosos menesteres en el bulevar de Rochechouard y los lavabos de la Gare du Nord. Desde hacía algún tiempo no frecuentaba nuestra tertulia de exiliados de las distintas guerras civiles españolas de los dos últimos siglos, absorto al parecer en sus labores apostólicas.

«Acabo de enviar mi foto, encorbatado y bien trajeado, a mi primer autor (lo llamo así porque son muchos los que en este caso escriben): el retrato físico que hace de mí es mentiroso y grotesco. ¿No quiere que tomemos un café y platiquemos un rato?»

«Será mejor que subamos a casa. Allí podré servirle un excelente Burdeos de la nueva cosecha. Según los enólogos es la mejor de los últimos quince años, aunque no sé si tan bueno como el que su admirado predecesor y maestro enviaba a Voltaire: *et je bois les bons vins dont monsieur d'Aranda vient de garnir ma table*, ¿se acuerda usted?»

Le seguí a su domicilio y me acomodé en el sofá del tresillo que, como el resto del mobiliario, respondía en todo a la descripción del piso barcelonés del primer capítulo de este libro. Fray Bugeo encendió las luces del salón y, mientras iba a la cocina en busca de la preciosa botella, me entretuve en fisgonear los volúmenes de la biblioteca encuadernados en pasta y alineados con esmero. *La Historia de los heterodoxos españoles*, en una edición de lujo, presidía uno de los estantes centrales. Fray Bugeo descorchó el Burdeos y escanció el vino con la pericia de un maestresala.

«Y ¿usted?»

«Desde hace algún tiempo sólo bebo agua.»

«¿Cumple usted alguna promesa a la Virgen o a los Santos Ángeles Custodios?»

«No. Simplemente trato de evitar el ridículo.»

Me miró: sus facciones parecían haberse aflojado y evocaban apenas las del *père de Trennes*. Estuve a punto de decírselo, pero se adelantó a mis palabras.

«Sí, las diatribas de don Marcelino son a veces excesivas. Las ideas de cada época influyen directamente en nosotros, y en el siglo en el que usted se crió éstas eran las de la Ilustración y la Enciclopedia. Rousseau creía a pies juntillas que sus doctrinas redimirían el mundo, sin imaginar siquiera los horrores de la Revolución y el Terror. Usted, mi querido Marchena, y los que los manuales escolares llaman afrancesados, pecaron de ingenuos. La historia castiga a los ilusos y a quienes actúan a destiempo: lo mismo en la invasión napoleónica que en la última transición democrática. Los beneficiados por los cambios son los que saben adelantar sus peones en el momento oportuno. ¡Debería leer usted con mayor atención los manuales de Guizot y de Paul Preston.»

«No obstante su desengaño actual y airoso cinismo, también creyó usted que el comunismo esparciría las semillas destinadas a germinar y a producir la felicidad del género humano. Viajó a Cuba y volvió cantando maravillas de la Revolución y sus líderes en el momento mismo en que éstos aplastaban las libertades que predicaban y sometían al pueblo a una inquisición política digna de los jacobinos. ¿Por qué no se retractó luego? Yo lo hice y abominé de Robespierre, Marat y de *"L'ami du peuple"*. Por eso me encarcelaron y condenaron a muerte. El Termidor, nueve meses después, me salvó de la guillotina.»

«*Mon cher*, mi vida es una cadena de errores pese a mi lectura diaria de nuestro *Kempis*. Yo creía que en Rusia se estaba gestando la aparición del hombre nuevo, este ser fraternal, libre, desinteresado, que el cristianismo no alcanzó a forjar durante veinte siglos...»

«Si hubiese leído lo que publiqué en 1794 y 95 contra la Convención y el Directorio no habría caído en esa temible trampa. Los que acapararon el poder en nombre del pueblo no soportaron la verdad de mis críticas y me aplicaron la Ley de Extranjería.»

«¿Qué dice usted?»

«Sí, la que decretaron después los bisnietos de Pablo Iglesias para frenar la llegada de sudacas, moros y africanos... ¡Unos dignos sucesores más bien de los que esclavizaron a los indios y expulsaron a los judíos y alárabes!»

«Sus acronías me marean. Volvamos mejor a la época de su regreso a Francia. Según lo que he leído de usted, se convirtió entonces en heraldo de Bonaparte y furibundo defensor del Imperio.»

«Fue una elección razonable, créame. Había que escoger entre una constitución fundada en el derecho natural, esto es, en el conjunto de derechos y deberes de los ciudadanos respecto al Estado, y la behetría de un país sometido a la chusma frailesca y a una cáfila de inquisidores cohonestados con invocaciones a la Virgen del Pilar y a la patria: entre ser europeos o cafres. Lo malo es que mis paisanos eligieron ser cafres y lo seguirán siendo por mucho que se embadurnen de barniz moderno.»

«Querido Marchena, no hay que perder la esperanza. Las cosas cambian y las ideas también. La lectura de las consejas de nuestro Fundador me ha ayudado siempre a sobrellevar los momentos más duros.»

«Yo sé que la Obra a la que usted pertenece o dice que pertenece actúa como guardia pretoriana del Papa y no gusta de razones ni doctrinas que puedan poner en peligro la paz de los fieles; pero ese Dios al que adoran, ese Espíritu Increado que abarca la eternidad, ignora la sucesión del tiempo y llena la inmensidad del espacio, ¿no contradice sus pretensiones de afiliarlo a una exclusiva bandería? Yo, querido Fray Bugeo (¿o debo llamarle ya por el nombre de su inventor?) prefiero la religión de los griegos y sus deidades inmortales, pero sujetas a las pasiones humanas y sus extravíos. Es una creencia menos absoluta y abstracta, más sensual y a fin de cuentas más amena y divertida, ¿no le parece?»

«En el plano literario convengo con usted. El poeta Kavafis, a quien traduje hace mucho tiempo, era un devoto de los dioses griegos y celebraba su desorden amoroso en unos versos que me encantaban hasta que el zafio tropel de sus imitadores me forzara a distanciarme de ellos. Con todo, le admiro y admiraré por su gran valentía.»

«¿Cómo compagina usted una vida, bueno, como la suya con su profesión eclesiástica?»

(No sé si llegué a plantear la pregunta a Fray Bugeo o él la adivinó antes de formularla.)

«*Homo sum; humani nihil a me alienum puto.* Usted

lo sabe mejor que yo, aunque lamento que por ello ahorcara los hábitos. La Iglesia ha sido siempre muy indulgente con nuestras flaquezas carnales. Basta con acudir al confesionario para quedar libre de culpa. ¡Los trillones de paternosters y avemarías de los penitentes han redimido a incontables almas de las penas del purgatorio!»

«¡Deje a las ánimas del purgatorio en paz! Lo que usted dice avala la conclusión a la que llegué después de profesar órdenes menores: la Iglesia necesita un cuerpo de funcionarios dóciles, atormentados por su conciencia culpable, para mejor asentar su poder sobre ellos. Pecado y confesión, confesión y pecado son los instrumentos más eficaces del Pontífice en su propósito de esclavizar a las almas de su grey a golpe de encíclica.»

«Si desapareciera la conciencia de transgresión y de culpa, ¿qué nos quedaría? La vida sería terriblemente insípida, mi querido Marchena.»

«Yo no soy Fray Obediente Forzado ni Diablo Predicador, pero el celibato eclesiástico me parece una aberración. El mayor placer de que goza el hombre es el trato con el otro sexo, aunque admito la existencia de excepciones como la suya en lo que se refiere al destinatario de sus afectos. Las consecuencias de la doctrina de Roma, desde san Ambrosio y san Agustín, han sido perversas. ¡Ahora que los pueblos se liberan uno tras otro de su yugo, el Papamóvil nos dice que debemos recuperar el sentido del pecado; no el de la responsabilidad del ciudadano en la *res publica* sino el de la sumisión abyecta a una entelequia contraria a la ley natural!»

Fray Bugeo me miraba. O ¿era su autor quien me miraba a mí? La dudosa autoría de este libro me confundía: después de tanto trasiego de almas y agitaciones históricas la opacidad caliginosa persistía: las cosas no tenían traza de decantarse.

Me habló de improviso de los sucesos de mayo del 68. Con un teólogo *molto aggiornato* y un grupo de travestidos denominado las gasolinas había desfilado por Belleville al grito de *nous sommes tous des enculés* y, desde las aceras, inmigrantes y curiosos aplaudían regocijados. Luego participó en la ocupación del Odeón y del Conservatorio Nacional de Música: allí se cruzó con Genet, Foucault, Severo Sarduy, el San Juan de Barbès y numerosas Hermanas del Perpetuo Socorro. Flotaban en el aire como burbujas hasta que la lobreguez de lo real se impuso al sueño.

«Me enteré de la liberación del Colegio de España y me precipité a la Ciudad Universitaria. Se habían creado ya tres comisiones con competencias políticas y administrativas sobre el venerable edificio. Me autopropuse para el cargo de animador cultural y fui elegido por unanimidad. Discutíamos en asamblea de la mañana a la noche. Examinábamos las diferentes propuestas por voto a mano alzada y las adoptadas por mayoría eran inscritas en los estatutos. Vivíamos en un estado de gran exaltación: *sous les pavés s'étendait la plage!* ¡El Colegio iba a ser el modelo de la revolución libertaria! No sé si a la caída de Robespierre atravesó usted unos días de euforia parecida. La nuestra, *hélas*, resultó ser efímera. Entre asamblea y comité organicé una velada poética: había allí un vate zamorano de versos duros como guijarros que declamó una oda sobre las metas de la zafra. El público aplaudía su inspiración desastrosa, pero los aplausos se mudaron en silbidos cuando una amiga gasolina recitó un poema de su cosecha de sentimentalidad vaporosa y lánguida. Hubo una lluvia de insultos y alguien le arrojó un tomate en plena cara. Intervine, pero demasiado tarde: la gasolina sollozaba y hubo que llevarla a la enfermería. Habíamos resuelto de común acuerdo votar la distribución de las habitaciones del Colegio entre los estudiantes revolucionarios: los de ciencias, los de filosofía y letras, los de derecho y los de medicina. Entonces se alzó un refugiado con boina que había divisado momentos antes con una colilla de Gauloise en la punta del pico. Si comprendo bien lo que decís, la sociedad de nuestro país se compone exclusivamente de jóvenes burgueses que han podido pagarse sus estudios, ¿no es eso? Hubo algunas protestas y el colillero prosiguió su arenga: no puede haber una revolución auténtica sino bajo la dirección política de la clase obrera. Los proletarios tenemos el mismo derecho que vosotros a ocupar las habitaciones recién liberadas. Nadie se opuso a la contundencia de su argumento: los dormitorios serían distribuidos entre los obreros y los estudiantes, mitad y mitad. El colillero prosiguió su arenga, no sé si como Tallien o Marat: ¿creéis acaso, señoritos de mierda, que la elite universitaria constituye el cincuenta por cien de la población de España? ¿Es ésa una democracia representativa o una farsa protagonizada por un puñado de arribistas y aprovechados? El proletariado no puede transigir con sus principios igualitarios. Como dijo el inmortal Bakunin... Su oratoria encrudecía los ánimos y hubo un intercambio de insultos. Se motejaban unos a otros de estalinianos y de chorizos. Tras una serie de cabildeos y llamamientos al consenso por respeto a las gloriosas jornadas históricas que vivíamos se acordó la creación de un comité encargado de la asignación de las habitaciones y lechos disponibles. Las aguas parecían volver a su cauce pero se desmadraron al conjuro de una voz: ¿y nosotras, qué? Era la de una joven severa y bella, que Roland Barthes me había presentado meses antes como una seguidora rigurosa de la línea prochina de "Tel Quel". ¡Todas las habitaciones para los varones y las mujeres a dormir en la calle! ¡Vaya ejemplo de democracia igualitaria! ¿No se os cae la cara de vergüenza de actuar como carcamales machistas? La confusión aumentó: los okupas hablaban o pretendían hablar a la vez, intercambiaban injurias y acusaciones. Un gracioso contó un chiste grosero sobre lo que presuntamente interesa a las mujeres: echar un buen polvo hasta que las dejen "morás". Quise imponer un poco de orden y sentido común, exhorté a comportarse con cortesía y con calma, pero todo fue en vano. El chocarrero proseguía con sus obscenidades: estaba borracho. Alguno puso entonces a todo taco el "Himno de Riego".»

(Fray Bugeo tarareó su música con la letra de «La canción del pirata» de Espronceda.)

«Perdone si le interrumpo. Pero la evocación de esta música me conmueve. Cuando pude volver a España después del alzamiento de Cabezas de San Juan el pueblo madrileño entonaba en la calle no sólo el *trágala*, sino también las estrofas de Huerta:

> *Si los curas y monjas supieran*
> *qué paliza les vamos a dar*
> *subirían al coro gritando*
> *¡libertad, libertad, libertad!*

«Fueron unos días extraordinarios, que nunca se borrarán de mi memoria, aunque el clero y las fuerzas más reaccionarias aguardaban la ocasión de vengarse y con la ayuda de los Cien Mil Hijos de puta de San Luis y los lechuzos eclesiásticos restablecieron al cabo de tres años la tiranía del trono y del altar. La posibilidad de una España moderna, abierta a los aires de la época, se vino abajo. Por fortuna, fallecí antes de verlo.»

«Lo que acaeció ciento cuarenta y cinco años más tarde fue inesperado. La mayoría de las muchachas y jóvenes reunidos en el Colegio de la Ciudad Universitaria desconocían el valor simbólico del himno y empezaron a bailarlo agarrados, como si fuera un pasodoble. No sé quién había tenido la brillante idea de distribuir cerveza y vino. La discusión política se disolvió en un caldo espeso de bromas de cuerpo de guardia, de bulla cuartelera y chulerías taurinas. Ignoro cómo acabó todo aquello pues me quité de allí y quise volver a mi domicilio a asearme después de dos noches en vela. No obstante, la suerte o la Providencia decidieron algo distinto. Se me acabó el carburante (las estaciones de servicio estaban cerradas) y tuve que aparcar mi destartalado Volkswagen en la avenida de la Ópera. Allí, divisé a un grupo de mujeres y hombres que identifiqué al punto como españoles por su atuendo y maneras. Pensé que se dirigían a alguna manifestación sindical o izquierdista (una vez, durante mi período de *mili-tante*, participé con mis amigas Auxilio y Socorro en una marcha contra el racismo y, cuando el grueso de la columna de los que desfilaban añadió a las consignas pactadas sus propias reivindicaciones laborales mis compañeras y yo gritamos con aire festivo: *augmentez LEURS salaires*!) Pero pronto descubrí que me equivocaba: se encaminaban a la agencia bancaria española de la acera opuesta a retirar sus ahorros. ¡Había corrido el rumor de que el franco francés iba a ser devaluado y no daría ni para castañas! Aquello fue la puntilla. Continué a pie hasta mi casa con Valle-Inclán en la punta de la lengua: España es un reflejo grotesco de la civilización europea. Como escribió usted en uno de sus panfletos bonapartistas, ¿qué puede esperarse de una nación que piensa mal y que escribe peor?»

«Yo viví el mayo del 68 con menos exaltación y más pragmatismo: ¡los años no pasan en vano! Después de una junta de nuestra asociación Los Nuevos Girondinos, me fui a calmar mis ardores con nuestra común amiga M. P., la dama que se confesaba con usted después de pecar conmigo.»

«Sí, era una penitente deliciosa y llena de humor. Creo que hablo de ella en mi manuscrito.»

«¿Me permite usted una anécdota? Un día me refirió la broma que le gastó antes de que yo les presentara el uno al otro y se hiciesen amigos. Andaba usted en uno de sus santos ligues por Strasbourg-Saint Denis y ella fingió que hacía la carrera y le dijo, *tu viens, chéri?*»

«Oh! Ella cuenta que le contesté *si tout le monde était comme moi tu trimerais dans une usine, ma petite!*, pero no es exacto. Me acordé de la piadosa historia atribuida a Monseñor y le dije: una desvergonzada, ¡eso es lo que eres!»

«Lo mismo da una cosa que otra: al final ella le escogió por confidente mientras entonaba conmigo las preces y antígonas, del *tantum ergo* al *venite adoremus*. Por cierto, aprovechando este encuentro que no se repetirá quizá sino dentro de unos siglos, quisiera que me aclarase algunos puntos obscuros de su etapa revolucionaria...»

«Permítame decirle, si no le parezco impertinente, que también la suya dista de ser clara. ¡Tantas vueltas y revueltas como para aturdir a la bien asentada cabeza de Menéndez Pelayo y procurar munición a sus andanadas y dotes humorísticas.»

«¿Qué otra cosa podía esperarse de alguien educado como yo en aquella africana y afrancesada España, según decía su prologuista Usoz y Río? Imitar las corrientes y modas políticas y literarias de Europa con cincuenta o cien años de retraso, navegar siempre a deshora... La experiencia adquirida por los que emigramos a fin de orear nuestras ideas no pudo nada contra la cerrazón patriotera y católica. Pero es grotesco tildar de atrasadas a nuestras doctrinas filosóficas influidas por Diderot y Voltaire cuando se defiende la vigencia de los silogismos y las súmulas de santo Tomás, ¿no cree?»

«Dejemos de lado el tema. Ya sabe que en materias de fe me someto al juicio de la Iglesia católica, apostólica y romana con filial y rendida obediencia. Monseñor, tan compasivo con los apuros y cuitas terrenos, no admite la menor desviación doctrinal.»

«*Eh bien, changeons de sujet!* ¿Es verdad, *mon cher père de Trennes*, que cayó usted en una redada de pájaros durante su estancia en La Habana y le apriscaron de malos modos en una celda llena de siquitrillados y agentes de la Contra que por poco le linchan cuando les dijo que no sabía por qué estaba allí ya que usted era castrista y revolucionario? Alguien me contó que...»

«¡Ese tristísimo lance lo protagonizó mi amigo Virgilio Piñera! Yo era entonces un sacerdote progresista como Ernesto Cardenal (aunque nunca perpetré versos fuera de mis traducciones de Kavafis) y estaba, por así decirlo, más allá del bien y del mal. Me hospedaba en una *suite* del hotel Habana Libre, recibía los honores de un dignatario vaticano. ¡No sé aún quién pagó la cuenta de mis infinitos daiquiris y cubalibres!»

Volvimos a Menéndez Pelayo y sus hablillas sobre mi vida. Fray Bugeo evocó a su vez, sin disimular su sonrisa, el episodio de mi encarcelamiento en la Conserjería, con Riouffe y otros camaradas girondinos.

Mientras rastreaba los entresijos de la memoria, me sorprendió con la afirmación de que sus recuerdos eran más nítidos.

Se incorporó del asiento, cogió un ejemplar del segundo tomo de la *Historia de los heterodoxos*, buscó el capítulo en el que se me ataca hasta dar con la página 639. Bebió un sorbo de agua para aclararse la garganta y leyó de corrido:

> *«En el calabozo donde fueron encerrados vivía con ellos un pobre benedictino, santo y pacientísimo varón a quien se complacían en atormentar de mil exquisitas maneras. Cuándo le robaban el breviario, cuándo le apagaban la luz, cuándo interrumpían sus devotas oraciones con el estribillo de alguna canción obscena. Todo lo llevaba con resignación el infeliz monje, ofreciendo a Dios aquellas tribulaciones, sin perder nunca la esperanza de convertir a aquellos desalmados.»*

Se interrumpió. *Un ange passa* (o tal vez un arcángel). Bebió otro sorbo de agua.

«Yo soy aquel benedictino. He perdido la cuenta de mis transmigraciones, pero le aseguro que es cierto.»

«¿Debo entonces pedirle perdón por nuestras bromas e irreverencias?»

(El *père de Trennes* —o ¿era el monje benedictino?— parecía ser víctima de una senectud galopante. Se le desprendían las hojas como a un viejo árbol. Sus arrugas, pecas, manchas en la piel, matojos de cabello gris y ralo, ojos de un azul desvaído, eran los de un hombre de más de doscientos años. Sus manos secas, apergaminadas, sostenían a duras penas el libro de mi encarnizado detractor.)

«Hijo mío, la experiencia acumulada desde entonces me hace ver las cosas de otra manera. En verdad, las bromas y novatadas que me gastaban me ayudaron a soportar aquella prueba. Las ceremonias de su culto a Ibrasha (o, ¿se llamaba Abraxas?) eran muy divertidas.»

«¡Conserva usted una excelente memoria! Le habíamos compuesto una plegaria de cuya letra no me acuerdo. En aquella época era muy insolente y comecuras. Mi retorcido biógrafo acierta cuando escribe que usted sufría nuestras burlas con cristiana resignación.»

«¿Qué otro remedio tenía en medio de aquel vocerío? ¡Ustedes se comportaban como chiquillos de diez años! Mas el alboroto y bullicio nos ayudaban a olvidar, a mí y a ustedes, que estábamos en el calabozo de los condenados a muerte en nombre de la diosa Razón.»

«¡Qué vueltas da la vida, querido Fray Bugeo! En cualquier caso me alegra saber que no me guarda rencor. El retrato que trazó de mí don Marcelino, no con pluma sino con soplete, impidió que la gente leyera mis escritos y se contentara con repetir sus diatribas sin tomarse la molestia de ir a las fuentes. ¡Así se escribe la historia!»

«No se queje de su suerte. En este siglo que acaba las cosas le han ido mejor. Sus ideas de tolerancia y civismo han triunfado en muchos países, ¡incluso en España! Lo que escribía hace doscientos años no choca ya a nadie.»

«¿Ni siquiera a sus colegas de la Obra?»

«Mire usted. Nos hemos adaptado a los tiempos que corren y aceptamos de buen grado el liberalismo político y económico. Nuestra acción se limita al ámbito religioso y espiritual.»

Cerré un momento los ojos (la luz de la lámpara me incomodaba) y, al abrirlos, descubrí a un Fray Bugeo rejuvenecido por los trucos y mañas de su autor. Había presentido mi intención de sacar a relucir el libro de Infante sobre «La santa mafia», pues me dejó con la hiel en los labios.

«Monseñor reconcilió el catolicismo español con el dinero y ello contribuyó decisivamente a la modernización de España. ¡Incluso el San Juan de Barbès lo admite en uno de sus ensayos! Mis colegas tecnócratas ocuparon los puestos directivos en la universidad y la banca mientras ustedes discutían estérilmente en los cafés del Quartier Latin. Nosotros fuimos el motor del cambio. Recuerdo muy bien las tertulias del grupo de Ruedo Ibérico a las que usted asistía. ¡Palabras, palabras, palabras! Luchaban contra la censura y el día en que ésta desapareció, desaparecieron ustedes. La historia es desmemoria, querido Marchena. Yo lo comprendí así y les dejé embriagarse con su eterna garrulería para irme a la Gare du Nord en busca de inspiraciones santas.»

«Confío en que dio con alguno de sus canonizados.»

«¡El Señor nunca me desampara! Pasé con él toda la noche en preces hasta que nos despertó el alba.»

«¿Fue una de las almas fogosas retratadas en su manuscrito?»

El *père de Trennes* suspiró: a todas luces, el cansancio de las transmigraciones que le imponía su creador le afectaba.

«¡Fueron tantos que dejé la mayoría en el tintero! Además, el San Juan de Barbès no podía aguantar que yo, su discípulo, le aventajara en su propio terreno. Pegó un grito y tuve que suspender la narración.»

Capítulo VIII

CONSEJOS Y VARAPALOS AL *PÈRE DE TRENNES*

1

El temor a Ms. Lewin-Strauss y sus comentarios ácidos al manuscrito le habían hecho concebir la idea, tan zafia como oportunista, de prolongar la serie de transmigraciones con heroínas, desde Diana y otras errantes y ambiguas pastoras hasta María Martínez Sierra y la desdichada Arlequín. Pensaba en la monja Alférez, cuya condición de virago le permitió medirse con varones y triunfar con sus mismas armas. En Agustina de Aragón, convertida en artillera (¡vaya símbolo!) por amor a la libertad de la patria (¿no sería mejor escribir matria?), y acallada luego (como en fechas más recientes en Iberoamérica) por los espadones de su propio bando. En Mariana Pineda, inmortalizada por Lorca. En la hermana San Sulpicio, tan maravillosamente interpretada por Imperio Argentina en el filme que vio en su niñez en el colegio de jesuitas de San Ignacio: bailando sin papalina ni toca al son de las castañuelas y la guitarra...

(Luego encarnó, me confió maliciosamente el *père de Trennes*, en Ángel Custodio de la Santísima Trinidad, del Sagrado Corazón de Jesús y de los Santos Inocentes, ese primor de nuestras letras que ingresó en la Cartuja tras un desengaño amoroso en la mili con un barbián de cantina y que, en el sosiego y serenidad del claustro, arrancaba a bailar, como la actriz, por bulerías y fandangos. Para él iba el refrán: ¡Mariquita, no comas habas, que eres muy niña y todo lo tragas!

«Ahora es como la Virgen del Carmen, que sacan en procesión marítima de Puerto Banús a que le dé el aire y cuya capilla suele ser la más visitada durante la Feria Real de Madrid.»)

Le dije que tal esfuerzo sería gravoso e inútil. Siempre habrá alguien que le critique conforme a las corrientes ideológicas del día. A mí me reprochaban hace cuarenta años el escaso papel del proletariado en mis fábulas y, sobre todo, la falta de héroes positivos. No basta con que expreses tu odio a la burguesía explotadora a la que pertenecía tu familia: debes infundir valor y esperanza en la clase obrera, robustecer su conciencia política, abrir sus ojos a la luz que nos llega del Este, etcétera. Nuestro común amigo Gil de Biedma tuvo que soportar la misma cantinela hasta que los mandó a buscar setas en un célebre artículo. Ahora, esas voces han callado, pero suenan otras igualmente vitriólicas y vindicativas. ¿Por qué no denuncia sin rodeos el atraso y opresión de las mujeres en las sociedades retrógadas en las que se encuentra tan a gusto? ¡Hacerlo en artículos como los que de vez en cuando escribe no le exime de la obligación de exponer con claridad dicha temática en sus novelas elitistas! Siga el ejemplo de Talima Nesreen y Fatima Mernissi! Y si calla la profesora de California, la reemplaza el profesor de Oxford. Su representación de la homosexualidad me parece cuando menos equívoca: adolece de pasividad y masoquismo, raya en la complicidad con los poderes de dominación ancestrales. Como su amigo Genet, ensalza poéticamente a los matones del hampa y guardaespaldas rudos. Es usted, o dice ser, un demócrata convencido, pero su obra literaria se alimenta de la contradicción y ambivalencia. Sus personajes carecen de la conciencia y del orgullo del militante de hoy, no transmiten al lector gay opciones políticas radicales ni le incitan a defender sus derechos: matrimonio, ley de parejas, ingreso en el ejército... En suma, dispara pólvora en salvas pues presenta la alienación de forma irremediablemente alienada.

El *père de Trennes* contemplaba el manuscrito con manifiesto desánimo.

«¿Qué debería hacer entonces según la autorizada opinión del Maurólogo, del Santo de Barbès?»

«¡Elemental, mi querido Fray Bugeo! Siga siempre la inspiración devota de su *Kempis*. Las máximas de Monseñor son una mina de oro cuya explotación no habría que dejar tan sólo en manos de los sicoanalistas de la Sorbona y de la hueste de discípulos de Lacan.»

2

Durante su estancia en Nueva York, enviado, afirmaba, por la Santa Obra en misión silenciosa y operativa, acudió en mi lugar y sin invitación alguna a una velada en casa de Manuel Puig con otros pájaros de diverso plumaje y pluma.

(Hacía tiempo que me había percatado de su presencia en el Village pues me seguía a todos lados absurdamente disfrazado de ejecutivo, cartero y hasta de devoto del correaje y botas de Christopher Street. Caminaba a una veintena de metros detrás de mí, con peluca rubia, bigote o barba postizos, gafas ahumadas, y si yo me detenía a mirarle se inmovilizaba a su vez y metía su larga nariz en el escaparate de alguna tienda de máscaras africanas o de un centro de yoga y aeróbic. Me pisaba los talones en el trayecto al baño de Saint Mark's Place, al cine de la calle Catorce y a los demás antros objeto de mi curiosidad, y luego le veía como alma en pena en la penumbra de lo que él llamaba novenas y ejercicios de santidad. En una oportunidad en la que me aventuré por Harlem y penetré, no sin miedo, en una sauna tan oscura como el público que la frecuentaba, al extremo de que una mancha blancuzca delataba mi presencia en aquella tiniebla promiscua, divisé minutos más tarde otra sombra mortecina y pálida y comprendí que era él. A veces, harto del acoso obsesivo, daba bruscamente media vuelta y chocaba con su estampa aniñada y obtusa. En tales casos, fingía ignorar el español y balbuceaba *I'm sorry, I don't understand your language* en su inglés detestable, con aires de aturdido marciano recién aterrizado en nuestro planeta. ¡No tiene usted el menor sentido de la orientación! ¡Pese a su lectura cotidiana de Monseñor pierde a cada paso el camino! Al salir del cine se le sube el santo al cielo y no sabe si Union Square queda a derecha o izquierda. Para hurgar en la vida de los demás hay que saber fundirse en el paisaje, ponerse del color del entorno, adquirir la invisibilidad del camaleón. ¡Y usted es como un luchador de sumo en un saloncito de miniaturas rococó! ¿No puede vivir por su cuenta y dejarme en paz? El *père de Trennes* se enjugaba el sudor, se quitaba la barba postiza y sonreía con desmañada inocencia. Tiene razón, nuestro *Kempis* nos aconseja actuar con sagacidad y discreción. Discúlpeme si mi inmenso afecto a su persona le resulta cargante. ¡Ahora mismo vuelvo al oratorio de la Obra, a recitar como Sherezade las Mil Menos Una Máximas de nuestro beato fundador!)

Manuel había telefoneado para invitarme a su fiesta pero, al advertir que Fray Bugeo permanecía en la esquina al acecho de mis pasos, me oculté en el portal vecino y le dejé subir, aliviado, al apartamento del *happening*.

Lo que allí acaeció, me lo refirió semanas después M. P. en una misiva escrita en francés que yo traduje a un castellano gallardo, con el mismo respeto con que lo haría con las cartas de Madame de Staël.

3

El autor argentino cuya lectura me aconsejó usted se mostró muy afectuoso conmigo cuando le felicité por el éxito de *The Buenos Aires affair*. Me dijo que organizaba aquella tarde un *surprise party* con gente de todos sexos y edades. Puede venir con quien le dé la gana, incluso con su perrillo faldero o el loro de Flaubert. Vamos a ser una docena de novicias y comadres: tendré el gusto de presentarle a la mismísima Rita Hayworth.

La velada fue en verdad memorable, y otro día le describiré de manera detallada las exquisitas artes de transformista del anfitrión y su imitación inimitable (excúseme el disparate) del baile de «Gilda» con la banda sonora del filme. Néstor Almendros sacó fotos con su cámara y prometió enviarme de recuerdo unas cuantas. Confío en que no me olvide.

Entre los invitados a la fiesta había algunas amigas suyas, Auxilio y Socorro, las inseparables hermanas de Sarduy, así como la traductora americana de Manuel y dos profesoras, íntimas de usted, llamadas, si la memoria no me falla, Linda y Gloria. La última canta en un piano bar y es especialista en la literatura de Puerto Rico.

Last but not least, di con el inevitable *père de Trennes*, patoso y sonrojado como siempre, aunque procuraba ocultar su pesadez con un aire desenvuelto y festivo.

ÉL: es usted, como decía Cervantes, una dama de todo rumbo y manejo, ¡pero no vaya a ofrecerme membrillo, higos ni frutas por el estilo, que no me apetecen ni en pintura! Ya sabe que lo mío...

YO: somos almas gemelas, padre. Aunque mis gustos sean menos plebeyos que los suyos. Fuertes, sí; animosos y tenaces, también; pero distinguidos y con una buena cartera de valores en el banco.

ÉL: me acuerdo de las ensoñaciones de su alma atribulada: apuestos, ricos y armados de buena lanza... ¿Cree usted que en ese mundo mezquino y abocado por nuestros muchos pecados a su inexorable destrucción existen semejantes milagros?

YO: a mi edad (¡acabo de cumplir precisamente veinte años!) basta con que me metan el ruiseñor en la jaula. Exactamente como usted, padre.

ÉL: ¡oh, yo soy ya una reliquia caduca! Sólo la fe me mantiene enhiesto.

(A propósito, una de las asistentes a la reunión me contó una anécdota —usted me dirá si es cierta— atribuida al padre. Por lo visto aguardaba a altas horas de la noche, en el puesto central de una capilla del bulevar de Rochechouart, la llegada de un santo. Era invierno, nevaba, nadie acudía a las preces. Pero él perseveraba en su sagrario, contra toda esperanza, mientras un joven colega de la Obra, cansado de montar guardia fuera para prevenir cualquier peligro, le reprendía respetuosamente: *voyons, mon père, soyez sage, il est tard, il fait froid, personne en viendra avec un temps pareil!*

¿Es una historia auténtica? Luego escuché otra versión de ella, protagonizada por un célebre compositor.)

Después del baile de «Gilda» y los números de Auxilio y Socorro, con tirabuzones y vestiditas a lo Shirley

Temple, nos acomodamos en un rincón. El *père de Tren-nes* me miraba ansiosamente. Días atrás me había pasado el borrador de su manuscrito (¡sobre todo no se lo enseñe al San Juan de Barbès!) y aguardaba la sentencia con cara de borrego. Bueno, ¿qué quiere que le diga? La lista a secas de sus ligues y lugares non sanctos carece de interés si no la transforma en otra cosa mediante la parodia y el humor. Mi catálogo de amores sería más largo que el suyo —¡una noche de insomnio conté más de quinientos!— pero una relación prolija aburriría a terceros no obstante sus proezas y maravillas. Podría, eso sí, referir mis maneras de rebajar los humos a los gallitos de pelea —tú estás bien dotado, pero la prisa te pierde; tú ignoras lo que es el cuerpo de una curtida batalladora como yo; tú presumes de la largura y te olvidas del diámetro; tú te las das de maestro y deberías ir al parvulario, etcétera—, y así afirmar mi independencia y superioridad. Mi feminismo es de armas tomar y no ser tomada por ellas. ¿Soy una mantis irreligiosa? ¿Por qué no? Prefiero la ninfomanía a la nimbomanía de los aspirantes a aureolas de santidad, reverendo padre. Si no tiene el arrojo de una Kamikaze como yo, recurra a los trucos y mañas de los bufones e introdúzcalos en su autobiografía. ¡Dé usted la vuelta, como a un calcetín, al miserable discurso del Beato y los suyos!: nosotras, las discretas e iletradas mujeres de las que habla su *Kempis*, y ustedes, las que plantan silla con meneos y gaiticas, saldremos ganando. ¡Rompa cuanto ha hecho y escriba en su lugar una *Bitecomédie* o *Zobicomedia* como la que compuso Fray Bugeo para gloria y sarcasmo del carajo de don Diego Fajardo!

¡Su cara era tan larga como un día sin zumo de jeringa! Le vi envejecer y desplomarse con obesidad de merluza recién pescada. Tal vez fui demasiado cruel y directa, pero su credulidad me sulfuraba. ¡Ese Marchena al que se refiere unas páginas atrás y a quien conocí en mayo del 68 alardeaba de consumado donjuán y no servía ni para picatoste! En fin, no le quiero abrumar con mis evocaciones neoyorquinas. Manuel, Néstor y sus amigos le transmiten saludos a su refugio de Tánger. Por cierto, ¿no se ha cruzado usted con Severo en el Zoco Chico ni en el teatro Cervantes? Auxilio y Socorro me dijeron que andaba por allí con François y el Semiólogo. La devoción local debe estar al rojo vivo. ¡Qué magna concentración de santos!

4

Cuando el *père de Trennes*, tras el derrumbe de las utopías y discursos con que nos engañábamos, se desinteresó de mí y me abandonó a mi suerte, me refugié con una docena de ex gasolinas en una casita de Nanterre

nuestro proyecto de revolución total había fracasado, nos sentíamos frágiles y desamparadas, decidimos vivir en comunidad pero riñas y celos acabaron pronto con ella y nos dispersaron

me encontré de golpe sin pasta ni trabajo, me prostituí, comencé a rodar cuesta abajo, sólo la ilusión de ser mujer me procuraba una bocanada de oxígeno, quería reunir la suma necesaria para la ablación del pene y los gemelitos, y aunque los amigos a quienes recurrí me volvían la espalda, alcancé a polvo y paja la cantidad que me pedía el superespecialista (el médico argentino citado por M. P.)

recuerdo el júbilo con que acogí a la salida del bloque operatorio la supresión de mis complementos, era una transexual!, hice imprimir tarjetas de visita con mi nombre feminizado precedido de un Mademoiselle que me supo a cielo, redacté también una carta en castellano y en inglés para mi familia de las Islas, vuestro Pablo Armando Jr. es ahora Paulina, piensa en casarse y tener hijos, espero mandaros pronto mi foto con traje de Pronuptia, planeaba en una dicha difícil de expresar, pedía a Dios la gracia de un novio formal, iba a la iglesia, recitaba las preces, comulgaba a diario dos y tres veces, aspiraba a las delicias de la santidad, fue un período alegre y esperanzador roto bruscamente por los dimes y diretes de una colega envidiosa (su operación resultó fallida y era un auténtico espantajo) que corrió con el soplo a la entrada del templo en donde soñaba en casarme de blanco, los fieles de Notre-Dame de Lorette empezaron a mirarme de forma sesgada, les oí murmurar mira qué manos, sus hombros y clavículas no son de mujer, es un travestido, si será descarado!, y al punto me hicieron el vacío, se apartaban de mí, intercambiaban risillas y comentarios, lo del marido con que me ilusionaba se fue definitivamente al carajo, los feligreses me despreciaban y tuve que arrinconar en el armario el *Kempis* del *père de Trennes*, los trajes de Acción Católica y mi mantilla de Corpus, había sido repudiada por aquella gentuza que presumía de cristiana y mi dolor inicial cedió paso al despecho, en adelante viviría sin pensar en ellos, exprimiría el jugo a la vida, me vendería al mejor postor, enviaba mensajes a la página de anuncios eróticos de *Libération*, entré en contacto con solteros, viudos y padres de familia, con buscones y viciosos de toda laya, no había surgido aún el monstruo de las dos sílabas y me sentía intrépida y rejuvenecida por mis artificios y mañas, vestía ahora de forma provocativa, minifalda, sostenes de encaje, zapatos de talón alto, pelucas llameantes, me había cansado del carteo con individuos tarados e ineptos y hacía la carrera entre Clichy y Pigalle, allí divisaba a veces al *père de Trennes* y al San Juan de Barbès camino de la casa de citas de Madeleine, los señalaba con el dedo a los transeúntes y perseguía con mis sarcasmos y risas, espero que se la metan bien!, llevan ustedes el tubo de vaselina?, y así durante años y años, protegida del mal por condones de confianza y el sostén discreto de algún macarra hasta la madrugada en que fui atacada por un grupo de cabezas rapadas con trajes paramilitares, litronas y porras de goma, joder, qué tía, parece Madame Butterfly, a ésa nos la calzamos, ladraba su jefe, me había agarrado por un brazo y sentía el hedor de su aliento peleón, cervecero, ven ricura, andamos de bureo, lo vas a pasar en grande, del restregón que te damos no te reconocerá ni tu madre, me arrastraron a un automóvil sin hacer caso de mis voces, nadie acudió a defenderme, los testigos del rapto miraban de lejos o apretaban el paso, cuatro, eran cuatro, el chófer y otros tres, los del asiento trasero me apretujaban las tetas con sus pezuñas de cerdo, son de silicona o seguiste un tratamiento hormonal?, hostia!, no tiene pito, se ha hecho operar a cuenta del Estado y luego nos machacan con impuestos!, me rasgaban el vestido en plena ciudad y se mofaban de mis gritos, canta tu ópera china asquerosa, ésta será tu despedida!, todo parecía una pesadilla, dónde estaban mi chulo y las patrullas de policía que solían recorrer el barrio, se detenían a pedirme la documentación y me fichaban y refichaban en comisaría? se habían eclipsado! me hallaba en manos de una banda de nazis, encajonada entre los tocones, el mandamás y el chófer, adónde me llevaban y qué iban a hacer de mí?, veía las nucas afeitadas de los de delante, bulbosas, grasientas, sobrealimentadas de fritanga y sángüiches de hamburguesa, las camisetas de Chicago Bulls, sus hocicos de puerco, salieron del periférico hacia zonas

más solitarias y oscuras y pararon al fin junto a un descampado, a tierra, puto, ahora sabrás lo que os aguarda
a las chinas de tu especie (no habían querido oír mis súplicas: soy hispano-filipina, soy católica!), y allí se turna-
ron para encularme con sus vergas repulsivas y enfermas
antes de darme un puntapié que me partió dos dientes y
amenazarme aún con un aprende la lección, como te
veamos otra vez por Pigalle no te daremos la oportunidad de contarlo!, no sé cómo pude levantarme y cami-
nar hacia la salida del periférico, amanecía y, a la luz todavía anémica, pude apreciar en el espejito de bolsillo la
magnitud del desastre, ojos a la funerala, labios sangran-
tes, mejillas hinchadas, churretes de rimmel, mi imagen
inspiraba horror pero no compasión, los gritos de auxilio no sacudían a los automovilistas de su egoísmo, unos
aceleraban, otros apretaban el pedal de los frenos y
arrancaban de nuevo, la habrá castigado su macarra,
será un ajuste de cuentas entre drogadictos o invertidos,
mientras yo titubeaba deshecha, una verdadera eccefé-
mina, hasta dar con el coche de la policía, ingresar en el
hospital, ser atendida en el servicio de urgencias, allí
mismo me tomaron declaración, denuncié al grupo
agresor, procedieron a una serie de análisis y tests san-
guíneos, recibí ayuda siquiátrica, volví a casa como una
sombra de mí misma, en ninguna de mis transmigraciones había sufrido una humillación parecida, necesitaba
ir al dentista, recomponer la cara, convivir temporalmente con mi imagen tuerta y desencajada, pasaba los
días encerrada en la buhardilla con otra ex gasolina,
aprensiva de lo que aún podía venirme encima, el resultado de los análisis del hospital, la confirmación oficial
de que era seropositiva, y todo sucedió como me temía,
leí y releí la sentencia médica, la rompí e hice trizas, la si-
quiatra me recetó una lista de tranquilizantes, me acon-

sejaba que me encarara a la realidad, me enfrentara con ánimo a la desgracia, *soyez forte, ne vous décourragez pas, ne laissez surtout pas le suivi psychologique*, durante meses y meses iba como una autómata de mi cuartucho a su consultorio y del consultorio al cuartucho, sin perspectivas ni horizonte algunos, y un día oí por casualidad un programa de radio sobre la ocupación de la iglesia de Saint Bernard y las acciones a favor de los excluidos de la sociedad, condenados como yo a una situación marginal, a una vida clandestina, vi al fin brillar una luz, un rescoldo de esperanza, puesto que combatían el racismo, me dije, podrán ocuparse de mí, una transexual mestiza excluida por partida doble, una marginal entre los marginales, me puse el traje de faralaes con el que iba veinte años antes al cine Luxor y me precipité a Barbès, los usuarios del metro se apartaban de mí, pero un orgullo nuevo y una vibrante sensación de autoestima me alentaban y sostenían, quería incorporarme a aquel movimiento identitario y reivindicativo, luchar con uñas y dientes contra la opresión de nuestra sociedad farisaica, me presenté en la recepción improvisada a la entrada del templo y expuse mi caso, primero con palabras mansas y luego a gritos, el machismo y homofobia de los eurócratas me habían convertido en un objeto de horror para los bienpensantes, mi mera existencia era una provocación, transexual, asiática, seropositiva, nadie merecía más ayuda solidaria que yo, estaba dispuesta a pelear por mí y los demás, a enfrentarme a las instituciones normalizadoras y sus perros de presa, hablaba de forma lírica y exaltada, recité un poema ecuménico de Ernesto Cardenal, convencida de que mi elocuencia me los había metido en el bolsillo, por eso cuando el portavoz de los ocupantes de la iglesia me soltó abruptamente tenemos demasiados problemas con los inmigrantes indocumentados como para dedicar nuestro tiempo a los travestidos caí, como decían Auxilio y Socorro, del altarito, no daba crédito a mis oídos, cómo podía aquel representante de una organización consagrada a combatir la exclusión social y pobreza despacharse conmigo con tanta crudeza e insensibilidad?, me sentía de nuevo como en el descampado en donde me violaron, le di la espalda sin poder ocultar mis lágrimas, y allí estaba el obispo estrella, el supuesto defensor de las causas progresistas y humanitarias, orondo, con gafas y aires grotescos de reina, abierto como una flor a la luz de los focos de la televisión, usted me perdonará, como puede ver tengo una agenda sobrecargada y no dispongo de tiempo para escucharla, dé sus señas a uno de los vocales, ellos la atenderán, y me dejó para precipitarse a robar luz como una atolondrada falena, quise gritarle quién es usted, Monseñor de mierda, para tratarme de esa manera?, ha vivido acaso siete vidas como yo?, ha conocido las angustias de la delación y el tormento?, tuvo el privilegio de visitar a San Juan de la Cruz en su mazmorra de Toledo?, deseaba plantarle una tarta de crema en la jeta delante de millones de telespectadores, así aprendería a burlarse de mí y desentenderse, como sus pares, de mi abandono y enfermedad!, unos hijos de puta, eso es lo que eran!, la rabia me asfixiaba, cómo vengarme de ellos?, de su indiferencia a mis desdichas, de su generosidad de pacotilla, de sus piruetas mediáticas?, les odiaba, sí, les odiaba!, quise pinchar las ruedas de los automóviles aparcados en las cercanías pero, cómo dar con el martillo y los clavos?, rompí, eso sí, varias antenas de sus radiocasetes, toma, para que te jodas!, y tú también, maricón!, que no me vengan ahora con el cuento de las organizaciones humanitarias!, me refugié en la buhardilla que compartía con la otra gasolina, completamente histérica y desgreñada, quería aplastarlos a todos como cucarachas, ahora se enterarían de quien yo era!, empecé una campaña de acoso telefónico a los ocupantes de la iglesia con las tarjetas que mi compañera había birlado en un quiosco, les llamé cien, quinientas veces, aló!, son ustedes los empresarios del dolor?, los farsantes de la caridad?, las sanguijuelas de la miseria?, variaba los registros de voz para no ser identificada y respondía a su desconcierto con carcajadas e insultos, a tomar por el culo como yo, banda de chulos!, luego me serví del Minitel, solicité con cargo a su cuenta, toda clase de artículos en las empresas de venta por correspondencia, trajes de Armani, caviar de Irán, orquídeas, champaña, fuagrá, ropa interior, perfumes de lujo, filmes pornográficos con escenas de sadomasoquismo, consoladores de gran formato, quince Niños Jesús de una tienda de objetos religiosos de Saint Sulpice, lavadoras, frigoríficos, vibradores, látigos, cuando la policía me localizó la deuda de los caritativos ascendía a más de trescientos mil francos, fui a parar a la cárcel de mujeres y aquí espero el juicio en la sección especial de las contagiadas por el virus a tope de odio hacia ustedes dos, el hipócrita y el escribidor, hacia su santurronería y egoísmo, que lo mismo les da meterme presa que hacerme agonizar en un hospital de apestados, estoy harta de sus palabras de consuelo y miserables excusas, sigan, sigan con las páginas de este libro y váyanse a follar con sus santos!

5

«Desde la creación por inspiración divina de la Santa Obra el 2 de octubre de 1928, festividad de los Santos Ángeles Custodios, hemos sido objeto de toda suerte de ataques y calumnias, tanto en lo que se refiere a nuestra labor apostólica como a la persona de nuestro fundador. Mercenarios de la pluma, lobos disfrazados de oveja y desertores pasados a las filas del enemigo han intentado sin éxito, como quien escupe al cielo, manchar una y otra. Estamos habituados a estas reacciones de odio y despecho, sostenidos por nuestra fe en Cristo y el amparo de su Vicario en la Tierra, y no nos rebajamos a replicar a quienes no merecen sino nuestro desprecio. Dar la callada por respuesta y seguir adelante, tal como aconseja el Padre en nuestro breviario doctrinal. Pero el libelo infame firmado por «Fray Bugeo» supera todas las marcas de vileza y abominación. Sacando de su contexto citas y máximas embebidas de modestia y de espíritu evangélico, las manipula al servicio de un discurso que sería risible si no fuera sencillamente abyecto. El *père de Trennes* que dice hablar en nombre nuestro es un perfecto desconocido en las filas de la Obra extendida hoy, por la gracia del Señor, por las cinco partes del mundo. El seudónimo tras el que se oculta y disimula su identidad revela sin lugar a dudas sus intenciones pérfidas y la voluntad de ensuciar a la Iglesia Católica, Apostólica y Romana. La vida de Monseñor fue un modelo de coraje, humildad y modestia, tal como dejó bien sentado su proceso de beatificación. Los sacerdotes y seglares numerarios de la Obra nos esforzamos en seguir su ejemplo sin dejarnos arredrar ante ninguna campaña de calumnias de los que niegan la Providencia de Dios y se ofrecen al mejor postor como vulgares prostitutas. En esos tiempos de permisividad cualquier malhechor puede perpetrar sus fechorías con impunidad absoluta: las leyes no castigan a quienes pervierten a las almas y viven del fruto de su amoralidad. Pero el autor de ese engendro fétido tendrá ocasión de meditar sobre ello cuando esté fuera del tiempo. Entonces triunfará la verdad: el trigo será separado de la cizaña. La luz del Espíritu Santo nos guía siempre y, como dice el Padre, con esa profundidad filosófica en la que no calan los resentidos de la especie de «Fray Bugeo», después de ver en qué se emplean ¡íntegras! muchas vidas ("lengua, lengua, lengua con todas sus consecuencias") me parece más necesario y más amable el silencio.»

Ramón García Montero, catedrático de Derecho Administrativo, calle de Vesubio 74, Madrid.*

* Carta enviada al editor de la obra tras la lectura de las pruebas del manuscrito.

Capítulo IX

EN EL CAFÉ DE LOS PÁJAROS

Lo encontré o, por mejor decir, me encontró en uno de los Santos Lugares que frecuentábamos, a los que me seguía a diario de capilla en capilla, de estación en estación, de paso en paso, como un espía o detective particular. Su fisgoneo de mi labor apostólica llegaba a extremos que serían risibles si no fueran tan torpes e insoportables. A veces, si me recogía a meditar en uno de los templetes de la gaya ciencia que alumbraban antaño la grisura asfaltada de París, le descubría al otro lado de la *vespasienne* con su cara camuesa de numerario de la Obra, embelesado en la contemplación de las partes del emérito objeto de mi devoción. ¿No puede usted, mi buen *père de Trennes*, ligar por su cuenta sin distanciarse unos metros de mí? ¿No se da cuenta de que me estorba sin sacar de su impertinencia provecho alguno? ¡Con sus aires remilgados de beato no va a pescar ni una miserable sardina! Es usted un mirón de la peor especie: ¡en vez de Fray Bugeo merecería llamarse el Reverendo Peeping Tom! ¡Quédese con su cruz y no se convierta usted en la mía! Pero nada le descabalgaba de su inveterada costumbre de huronear en mi vida, ya fuera en el bulevar de Rochechouart, el cine Luxor o los lavabos de la estación. Parecíamos dos gemelos antagónicos e inseparables: envejecía conmigo, los rasgos de su rostro se aflojaban, su cabello empezaba a ralear. La parodia y caricatura de mí mismo rayaba en el delirio obsesivo: una noche en que yo había topado con un santo de mi particular devoción nos escoltó como un tábano hasta el hotel de la Rue Ramey, sin cesar de repetir, dale que dale, su cantinela estúpida: ¿qué hacemos?, ¿adónde vamos?, y le asesté un tijeretazo, ¡váyase usted a leer el *Kempis* de su Monseñor, que yo me voy a ocupar del mío!

Pero aquella tarde, el *père de Trennes* no cabía en sus prendas de satisfacción, como un niño depositario de un gran secreto o portador de una estupenda noticia.

«Le he andado buscando por los bulevares, el cine y los cafetines de Barbès. Ha ocurrido algo inesperado que le interesará en cuanto le concierne y atañe igualmente a su libro. ¿Qué le parecería si nos acomodáramos a charlar los dos en la terraza del café de los Pájaros?»

No tuve otro remedio que aceptar y caminamos en silencio hasta el Square d'Anvers. Me aseguré de que Genet no estaba allí con El Ketrani o algún militante palestino. Pedimos yo un té y mi doble un Vittel. *Sans glaçons*, precisó. Aguardó a que el camarero nos sirviese y se alejase con la bandeja.

«Mi querido amigo, he asistido a un diálogo imprevisto de dos personajes que usted conoce bien y sobre los cuales ha escrito a menudo. Podría jugar al adivina adivinanza mas no prolongaré artificialmente el suspense. Se trata de Menéndez Pelayo y...»

«Veo que se ha aficionado usted a este santo varón. ¿No cree que le ha sacado ya todo el jugo al confrontarlo con el abate Marchena?»

«Perdóneme, es un autor muy querido de Monseñor. Un día me reveló confidencialmente que fue para él un guía precioso frente a las asechanzas del mundo, el demonio y la carne. Pero esta vez no platicó con Marchena sino con alguien más cercano a usted: me refiero a Blanco White.»

«¿Puede decirme, si no es un secreto como todas las reglas y asuntos de la Obra, dónde dio con ellos? ¿En la última planta de la Academia de la Historia o en la hacienda de míster Rathbone, a la que se retiró antes de morir don José María Blanco?»

«Ni en un sitio ni en otro. Me hallaba meditando en las profundas consejas de nuestro fundador cuando irrumpieron en mi apartamento aprovechando que me había olvidado de cerrar la puerta después de firmar el recibo de una carta certificada. Les reconocí de inmediato pues su aspecto y vestimenta correspondían en todo con los de las fotografías y grabados que usted me mostró.»

«¿Cómo le trató el gran defensor de la fe? Aunque católico furibundo, su devoción a los jesuitas le llevó a mirar con recelo las innovaciones de la Santa Obra, cuya organización y métodos solía comparar en privado con los de sus execrados krausistas.»

«¡Esto fue sólo al comienzo, cuando nuestra rivalidad con la Compañía de Jesús era más fuerte! Oí decir, en efecto, que nos tildaba de logia, de sociedad de socorros mutuos, de fratría, de monipodio. Don Marcelino no se mordía la lengua, mas luego rectificó. Comprendió que la Obra respondía a las exigencias de nuestro tiempo. Apoyó incluso con entusiasmo, no sé si lo sabe usted, la Causa de Beatificación de Monseñor.»

El diálogo de dos personajes tan disímiles y opuestos le había apasionado al extremo de que, sin que ellos lo advirtieran, grabó sus palabras en el magnetófono. Estaban sentados frente a frente en los sillones del tresillo ya descrito. Menéndez Pelayo paladeaba su Rioja de excelente cosecha mientras José María Blanco bebía sorbos del Lipton que aromatizaba en la tetera. El sevillano miraba de hito en hito a su encarnizado, aunque admirativo, detractor.» Ya sé cuanto ha dicho de mí: católico primero, enciclopedista después, luego defensor de la iglesia anglicana y a la postre unitario y apenas cristiano... Bueno, ¿a qué continuar? Una lectura sectaria y ultraortodoxa pero que, a causa de su misma virulencia despertó en algunos espíritus libres el interés por mi obra, e indujo a uno de ellos, al que usted habría dedicado sin duda un sabroso capítulo de su libro si una buena o mala estrella no le hubiese hecho nacer dos décadas después de su fallecimiento, a traducirlo al español. En fin, su ensañamiento conmigo dio frutos tardíos pero reales. Eso se lo debo a usted y sería mostrar una negra ingratitud por mi parte el hecho de negarlo.»

«Reconozca con todo que ha dado usted más revueltas que las del laberinto de Creta. La reseña de su vida marearía a cualquier lector sensato. Convengo en que no es usted un pensador de tertulia de los que componen la llamada cultura española moderna. Mas, por ello mismo, su caso me parece más grave. El orgullo y la lujuria le extraviaron y acabaron con la paz y serenidad de su alma, aunque no lo confiese en sus *Cartas* sino a medias.»

(La imitación servil por el *père de Trennes* de mi voz y ademanes me exasperaba. Hablaba como yo, se expresaba como yo, quería fundirse conmigo. Al contemplarle me parecía contemplar un retrato grotesco y cruel de mí mismo.)

«¿Ha soñado usted todo esto o es mero producto de su imaginación?»

«¡Qué más da que sea lo uno o lo otro! Lo esencial es que estaban allí y los veía tal como se lo cuento.

¡Sentaditos los dos en el tresillo, tan verídicos como usted o como yo! No crea que había consumido hachís o mescalina, como su admirado Artaud. Soy hombre de costumbres sobrias desde que el Señor por medio de Su Divina Intercesora, me quitó para siempre del alcohol tras una serie de lances burlescos que no vienen al caso.»

Le dije que me agradaban las digresiones y cazó mi sugerencia al vuelo. Fue después, años después, del episodio narrado por Jaime de la velada en el lujoso apartamento de sus padres de la calle de Aragón, con su final barriobajero y lamentable. Me habían invitado a la URSS (era mi época de compañero o compañera de viaje), a la conmemoración de un titánico poeta caucasiano llamado Rustaveli. Los oradores se sucedían de la mañana a la noche en el escenario de un gran teatro para encomiar su figura vigorosa y magnífica. Aquello era inaguantable: sin necesidad de recurrir a los auriculares de traducción simultánea, escuchaba la letanía de Dante, Shakespeare, Rustaveli; algún orador (¿Alberti?) agregaba generosamente a la trimurti el nombre de Cervantes. El banquete organizado por la rama local de la Unión de Escritores se redujo a una serie de brindis: los autóctonos suelen escanciar vino o vodka en unos vasos de cuerno de uro de los que no te puedes desasir y dejar en ningún sitio sino vacíos y, cuando esto ocurría, alguno de nuestros anfitriones se apresuraba a rellenarlos. Por la paz, por la amistad entre los pueblos, por la resistencia vietnamita, por España republicana: el trasiego de alcohol no cesaba y procuré escabullirme del ágape en cuanto pude. Pero mi esquivez no sirvió de nada de vuelta a Moscú, en vísperas de mi regreso a Francia. Me hospedaba en el hotel Ucraina, junto a una delegación de escritores vietnamitas abstemios, sonrientes y afables. Su portavoz me había manifestado su viva admiración por España y la lucha heroica de su pueblo contra el fascismo. Había publicado incluso un poema al respecto y convinimos en que me lo entregaría el día siguiente temprano, antes de tomar el avión para Hanoi. Pero Satanás, (¡perdóneme, ya sé que no cree usted en él!) dispuso las cosas de otra manera. Aquella noche había sido invitado a casa de un célebre escritor soviético (¡todo un premio Stalin de novela!), gran bebedor como la mayoría de sus colegas. Allí nos sirvió, a mí y a ellos, en los terribles cuernos georgianos. Mientras brindábamos por lo humano y lo sobrehumano (¡Gagarín, el sputnik!), advertí que mi conciencia se emborronaba, que entraba en la acolchada densidad del alcohol y se obturaban mis oídos con espesísima cera. Conservo un recuerdo confuso de cuanto acaeció luego: imágenes deshilvanadas, como cloroformicas, de mi despedida del anfitrión; trayecto irreal en automóvil con mi abnegada pirivocha; travesía borrascosa del vestíbulo del hotel; forcejeos y amenazas en el ascensor (según me enteré después, intenté orinar en él); la habitación al fin. Y en ella estaba pocas horas más tarde tumbado en la cama, quizás en la misma postura en la que me derrumbé, cuando unos golpes insistentes en la puerta me sacudieron cruelmente de mi torpor. El techo subía y bajaba, los muebles parecían flotar en el aire, yo mismo bogaba en una canoa neumática zarandeada por el oleaje. Pero los golpes arreciaban y acabé por incorporarme de la barquichuela, abrirme paso a través de la marejada y bregar dificultosamente con la llave, con el vehemente deseo de aplastar al maldito madrugador: ¡era la delegación vietnamita! Durante unos segundos interminables examiné a los adustos y graves representantes del pueblo bombardeado a diario por un diluvio de fósforo y de napalm. Con un gran esfuerzo, intenté componer a sus ojos una estampa de dignidad. El poeta me entregó un ejemplar dedicado del canto a España. ¿Me iba a encajar aún un discurso?

La idea me causaba escalofríos y rogué a Dios que apartara de mí aquel cáliz. Los vietnamitas parecían aguardar unas palabras mías de adiós pero me sentía incapaz de articular una sílaba. Tal vez no se percataron de mi triste estado y atribuyeron el silencio a la emoción. Tal vez leían en mis ojos turbios y enrojecidos un desesperado mensaje de simpatía y solidaridad. En cualquier caso confío en que aquellos minutos de agonía en el sombrío corredor del hotel me redimieron de decenas, quizá de centenas de años en el bendito purgatorio por el que pasaremos según doctrina de nuestra Madre Iglesia. ¡Cuando al cabo se despidieron de mí con sonrisas e inclinaciones de cabeza, la mía estaba a punto de estallar!

Había leído ya todo eso en algún lado y le interrumpí: «Yo creía que la Prelatura Apostólica le había comisionado para llevar la imagen de la Virgen de Fátima a Rusia a fin de provocar la caída del comunismo. Al menos eso es lo que me contaron Jaime y Gabriel Ferrater durante su deslucida etapa barcelonesa...»

«¡El comunismo no necesitaba ni de mí ni de Nuestra Señora para desplomarse por sí solo! Su ruina era ya evidente para un curioso observador de mi especie.»

«¿Por qué no extendió su fisgoneo el ámbito de la santidad repertoriada en su manuscrito?»

«¡Ya sabe tan bien como yo que mis santos son de otro paño! Además, la sociedad virtuosa que allí reinaba reprimía nuestras labores apostólicas. ¡Una aberración típicamente burguesa! Me explicaron que todo esto fue barrido para siempre por obra de la Revolución. No obstante, vi a dos o tres émulas de Auxilio y Socorro en el Bolchoi. ¡Habían ido a ver *El lago de los cisnes* con la corpulenta y muy escotada viuda de Maiakovski!»

«Volvamos al hilo de su fabulación. La dejamos en la diatriba de don Marcelino contra la vida y obra de mi *alter ego*.»

«¡Perdóneme, yo creía que su *alter ego* era yo!»

«Usted es sólo un parásito que vive a costa mía sin agradecérmelo siquiera. Peor aún: siendo usted un plagiario con patente y licencia insinúa que soy yo quien le roba sus temas y asuntos. Si no fuera por la compasión que su torpeza e incapacidad me inspiran, le habría mandado hace ya mucho tiempo a la vera de su Monseñor.»

«Bueno, no se enfade, vuelvo a lo mío. Estaban mis personajes, cada cual en su sillón del tresillo, *en se regardant en chiens de faïence* pero, desde que aparecieron en mi piso, y de modo casi imperceptible, sus rostros se habían desfigurado: parecían esas siluetas de las revistas infantiles que el lector o la lectora deben completar a lápiz. Por fortuna, el timbre de su voz era claro: santanderino uno y andaluz pasado por agua del Támesis, el del autor que usted prologó y tradujo...»

BLANCO: ¿no cree que la explicación de las razones de lo que llama mi apostasía es bastante somera? Ni la sensualidad ni el orgullo encabezan la lista de mis defectos.

MENÉNDEZ: eso lo dice usted ahora. Mas, si me atengo a sus propios escritos, compruebo que, siendo sacerdote, vivió en la inmoralidad y fue, cito sus palabras, «polilla de la virtud femenina».

BLANCO: yo al menos tuve la honradez de confesarlo. ¡Quien ande libre de culpa, écheme la primera piedra!

MENÉNDEZ: quizá no forme parte de la cáfila de curas mujeriegos y abarraganados, a los que su natural inclinación a la vida suelta y buscona condujo a ahorcar los hábitos y hacerse mormones o cuáqueros. ¡Pero siempre han de andar faldas de por medio en ese negocio de herejías!

BLANCO: no se deje cegar por el apasionamiento. Mi vida fue resultado de una inquietud intelectual y moral, el fruto de una continua insatisfacción respecto a mí mismo. ¿Qué malo hay en ello? La mayoría de nuestros compatriotas creían y se mataban en nombre de sus creencias porque eran incapaces de pensar. No sé si las cosas han cambiado en los últimos treinta años.

MENÉNDEZ: la razón es importante, pero tiene sus límites. Su Santidad acaba de confirmarlo de forma magistral en su última Encíclica.

BLANCO: volvamos al tema de la lujuria, en el que usted centra sus ataques. Si no ando trascordado, me achaca la paternidad de varios hijos; y por amor a aquellos frutos de mis pecados, dice, quise darles nombre y consideración social: de ahí mi resolución de emigrar y hacerme protestante.

MENÉNDEZ: a usted le daba lo mismo una religión que otra y mudaba de ellas según su conveniencia. En cuanto a lo de sus hijos...

BLANCO: mi hijo, nacido en el período madrileño que evoco en las *Cartas*. Conseguí que mis próximos lo enviaran a Inglaterra y se alistase años después en la Compañía de Indias. Los otros —el plural es de usted— son pura y simple invención suya...

MENÉNDEZ: excúseme si es así. En una empresa tan vasta como la mía hay que recurrir a las fuentes de las que uno dispone y si éstas son inexactas, se cuela involuntariamente algún error. Pero ese desliz de mi pluma no le absuelve de sus gravísimos pecados y faltas contra la fe y las buenas costumbres.

BLANCO: veo que conserva el santo fervor que le valió en la Iglesia nacional-católica y sus celadores una ruidosa, más que honrosa, nombradía. No me atrevo a pensar qué apologías y proclamas hubiese escrito en el cuartel general de Burgos de haber vivido los tres años de la Cruzada. La desdichada propensión de nuestros paisanos a verter sangre, a falta de verter otra cosa, repitió y aumentó los horrores que presencié durante la invasión napoleónica. Salvo dos dignas excepciones, sus cardenales y obispos bendijeron la matanza y proclamaron al matarife máximo Caudillo de España por la gracia de dios. Tuvo suerte de que le cupiera nacer en 1856 y de no ensuciarse así con la máquina represiva de los vencedores. ¡Con toda probabilidad le habrían nombrado director General de Prensa y de Propaganda!

MENÉNDEZ: los revolucionarios, querido míster White, se dirigen siempre a la parte inferior de la naturaleza humana. Cualquier ideal de libertad, igualdad o progreso triunfa y se arraiga en las multitudes si se entrevera con el interés y la concupiscencia, los dos grandes factores de la filosofía de la historia.

BLANCO: al imponer el dogma inhumano del celibato eclesiástico, la Iglesia de Roma se condena a ver el mundo desde el prisma del sexo. Mas lo que se echa por la puerta se cuela por la ventana. Tienen ustedes el temible poder de Midas: cuanto tocan se trueca en lujuria y pecado, lo mismo hoy que en tiempos de los Borgia. ¿No ha leído usted la prensa, con las revelaciones de *Millenari* sobre los entresijos y cloacas del Vaticano?

MENÉNDEZ: ¡libelos, calumnias, tan viejos como el

mundo, mi caro Blanco! El cuerpo sagrado de la Iglesia está por encima de esos comadreos y maledicencias!

BLANCO: en mis *Diálogos argelinos* probé que la ley divina no puede oponerse a la ley natural ni mucho menos abrogarla... ¡Mejor es casarse, que abrasarse!

(El *père de Trennes* suspiró:

«Mi querida amiga M. P. me decía el otro día a este respecto: *oh, vous savez?, aujourd'hui le mariage n'interesse qu'aux prêtres*, y creo que tenía razón en lo que toca a una buena parte de ellos...»

Mi doble reía como asustado de su propio atrevimiento:

«Bueno, aunque escudriñé esta obrilla contra el celibato eclesiástico, no encontré en ella ninguna referencia, querido Juan, a la santidad que usted y yo predicamos.»

¿A qué venía aquella morbosa necesidad suya de tomarme siempre por testigo de sus imitaciones burdas y desgarbadas?)

«¡Acabe de una vez con su sueño o trasnochada invención! Había dejado usted a Menéndez Pelayo y su heresiarca sentados cara a cara en los sillones de su tresillo...»

«Discúlpeme. Les concedí una pausa para que el uno se sirviera una copa de vino (¡el Rioja de la mejor cosecha!) y el otro tomara unos sorbos de té. Luego, los dos permanecieron rígidos como dos figuras de cera del museo Grévin.»

MENÉNDEZ: esa olla podrida que llaman cultura española moderna o postmoderna, ¿le ha permitido encontrar un hueco en el coro chillón de los que pontifican en las estaciones de radio y en TV-5?

BLANCO: mi presencia en esos medios es mucho más que modesta. Recientemente, todo un señor catedrático publicó un libro sobre el pensamiento liberal en el siglo XIX en el que ni me menciona siquiera. Mas España es la patria del disparate y de la sinrazón.

MENÉNDEZ: no oscurezca las cosas ofuscado por el rencor. Los espíritus rebeldes e inquietos como el suyo seguirán emigrando a Europa y Norteamérica, exactamente igual que en los tiempos felices de las dictaduras.

BLANCO: quizá tenga usted razón. Quien allí piensa y vive según su entendimiento y no conforme a la norma fijada es todavía un firme candidato al exilio.

MENÉNDEZ: ni los forajidos políticos ni los gobiernos democráticos y medios informativos podrán eliminar con sus proclamas y filmes obscenos el profundo sentimiento católico de nuestro pueblo. El demonio de la carne, vestido de mujer, sólo hará mella en almas débiles como la suya.

BLANCO: ¡de nuevo el sexto, el *cherchez la femme* y la condena de las eternas perturbadoras de la paz del clero!

(El *père de Trennes* hizo un aparte:

«Su autor predilecto no estaba muy al tanto de las vidas y obras de nuestros santos, ¿no le parece?»

Sin tomarme la molestia de contestarle, le conminé a concluir el cuento antes de que Genet apareciese en el café —imaginaba el desdén que le inspiraría el padre y los comentarios ácidos sobre su profesión— o de que surgieran de improviso Auxilio y Socorro con sus cabelleras azulosas y electrizadas.)

«Pues bien, el final de mi composición es muy bello. Estaban los dos cansados de tanta plática (¡me he dejado tres cuartas partes de ella en el tintero!) y acabaron por expresarse en unos versos que sonarán familiarmente a sus oídos.»

BLANCO:	Dime, preste sabedor,
	¿de qué principio dimana
	que el comer una manzana
	hizo al hombre transgresor?
MENÉNDEZ:	La culpa fue la dulzura
	del tierno fruto vedado,
	lo que da gusto es pecado,
	la virtud es amargura.
BLANCO:	Preste, según tu doctrina,
	debes ser gran pecador:
	así lo dice el olor
	que sale de tu cocina.

Severo se acercó en un amén a saludarnos, camino de una cita en el hotel de Madeleine celebrado por Jouhandeau. Ayer me leí tu capítulo sobre «Las consecuencias de un grito» y, al recorrerlo, tenía la impresión de leerme a mí mismo. Es *un morceau de bravoure,* un bello homenaje. Pero ya hablaremos de eso otro día: ¡Ahora voy apurado! Poco después, el San Juan de Barbès, celoso sin duda de mi escenografía narrativa, cortó de malas maneras este relato: había avistado a Abdalá en el bulevar, en busca de ocasiones de devoción, y se encaminó a toda prisa al sagrario público en donde, con santa desvergüenza, solía exponer su mazo.

Capítulo X
ENCONTRONAZO FINAL

La obsesión del *père de Trennes* con identificarse conmigo se agravaba de día en día. Me aguardaba a la puerta de casa, seguía mis paseos por el barrio, penetraba detrás de mí en las tiendas y almacenes adonde iba de compras y escogía miméticamente las mismas prendas de ropa, artículos de limpieza, tubos de pasta dentífrica, botellas de agua mineral. Empujaba afanosamente su carrito en pos del mío y comprobaba en caja si el precio total de nuestras adquisiciones se correspondía. Lo hallaba en la farmacia, en los cafés, en el metro, en los puntos de ligue que frecuentaba. Cuando creía haberle dado el esquinazo y empezaba a respirar a mis anchas, me apercibía de pronto de su presencia en la penumbra del cine Luxor, en los pasillos del hammam Voltaire, en las inmediaciones de los urinarios de Stalingrad, Barbès y el bulevar de Rochechouart. Pretendía ligar también, pese a su triste y desmañada apariencia, con los asilvestrados que me interesaban, se hacía el encontradizo con nosotros, nos escoltaba al hotel de la Rue Ramey, a la casa de citas de Madeleine. Trataba de distraerme de la tarea de llevarme a la cama a alguno de sus «santos» con el relato fabuloso de sus encuentros con autores y personajes sobre los que he escrito o con habladurías insípidas acerca de escritores famosos. Figúrese que ayer estaba en Londres con el periodista Juan Cruz y en la acera de

Gloucester Road, dimos con un sobre dirigido, ¡adivínelo!, nada menos que a un tal míster Blanco White y el corresponsal del periódico en el que usted colabora lo guardó para entregárselo en mano en cuanto le vea, ¿no es algo realmente extraordinario? O: fui a ver a Menéndez Pelayo en su piso de la calle del León y le pregunté qué lances y percances chistosos le habían acaecido al mujeriego Marchena, omitidos en su obra de referencia por razones de seriedad. O: me presenté en el piso de Cernuda en Santa Mónica, con una carta introductoria de Gil de Biedma, y allí vi la foto del destinatario de los *Poemas para un cuerpo*: un joven italo-mexicano de gran belleza. Por cierto, ¿sabía que nuestro gran poeta ignoraba quién era Kavafis? Le puse al día y le leí mi traducción de sus versos, la misma que le pasé a Jaime antes de su publicación en *Boteghe Oscura*. O: ¿estaba al corriente de que Truman Capote sedujo a Camus? Al menos es lo que contaba, aunque Gore Vidal me dijo que el supuesto *affaire* era pura mitomanía. Pero quien sí entendía era Mauriac: me lo confió Roger Peyrefitte un día que fue de visita a la Prelatura Apostólica... Otras veces, con hilo más grueso, afirmaba haberse acostado con Lorca y acompañado a André Gide a un burdel masculino de Biskra. ¡Debía reunir todas mis energías para atajar su labia avasalladora e ir a lo mío en los hoteles por horas del *Dix-huitième Arrondissement*!

Aparecía con la seminarista de la sotana rosa o la extremosa filipina en el gallinero o los lavabos del cine Luxor, a armar revuelo con abanicos y risillas y estropearme de paso el plan. Vagaba en bata blanca de enfermera, con pinta de senadora togada, por los salones y pasillos del alhama y se apostaba tras la puerta del habitáculo en el que yo cumplía con mi turco para atisbar por el ojo de la cerradura. Me llamaba a media noche, sin tomarse la molestia de pedir excusas, a fin de referirme alguna anécdota sobre Góngora y Villamediana o los amantes de su muy llorado rey Enrique. Tuve que cambiar varias veces de número y dejar el teléfono descolgado antes de apagar la luz.

Cuando procuraba poner tierra y mar de por medio, reservaba mi vuelo en secreto, recogía el billete en el aeropuerto y, tras cerciorarme de que no merodeaba por los parajes, suspiraba de alivio. Pero mi ventura no duraba mucho pues, embarcado ya en el avión, lo divisaba en la fila de pasajeros que esperaba su turno para localizar el asiento y cargar las maletas y bolsos en el portaequipajes. Mi Avellaneda se acomodaba a mi lado sin el menor empacho: su butaca y la mía eran casualmente contiguas. ¡Qué grata sorpresa, mi querido amigo! ¡De modo que viaja también a Tánger! Hacía tiempo que no veía a viejos amigos como Roditi, Brion Gyrin, George Lapassade. ¿Sabe usted si Genet sigue en el Minzeh o se ha instalado en Larache? Me han hablado de una excelente autobiografía de un tal Chukri, traducida al inglés por Paul Bowles. ¿La ha leído? En cuanto lleguemos me haré con un ejemplar en la Librairie des Colonnes. Es usted amigo de las hermanas Gerofi, supongo. ¡Quién no conoce a las hermanas Gerofi en Tánger! ¡Cómo!, ¿no sabe quienes son? ¡Pero es imposible! Un tangerino de honor como usted, ¿no va a su librería? Permítame decirle que no le creo. ¡Son el motor de la vida intelectual de la ciudad! ¡Nunca había oído una enormidad semejante! Y así, del despegue al aterrizaje, durante más de dos horas de vuelo.

¿Qué había hecho yo para merecer esto? Es lo que me preguntaba en el taxi que me conducía a la ciudad por la carretera del cabo Espartel. Mi cruz —¡era en verdad la cruz de mi vida!— había perdido mi pista y yo incitaba al chófer a acelerar, saltándose las luces de tráfico, con el acicate de una generosa propina. De nuevo volvía a respirar, deshacía el equipaje, distribuía mis prendas de vestir y los libros en los armarios, estanterías y alacenas, me aclimataba en el lugar como si fuera a echar raíces en él.

(Había traído en mi bolso un ejemplar del *Kempis* de nuestro tiempo para satirizar la devoción de Fray Bugeo y refutarle con sus propias armas.)

Aquella deliciosa tregua no duraba mucho. El *père de Trennes* se hacía el encontradizo conmigo en el café de París o en los del Zoco Chico y terrazas de enfrente de la estación. Si me veía leer un libro u hojear la prensa extranjera (¡la del país era atemporal, sus titulares y fotografías no mudaban, para ella no corrían años!) se sentaba a cierta distancia, mas apenas me avistaba en buena compañía, se acercaba con el volumen de la obra completa de Kavafis o el libro de Mohamed Chukri.

«No quisiera molestarles, pero hay un pasaje de la versión inglesa de Bowles sobre el que me gustaría conocer su opinión. ¿Me permiten sentarme un minuto con ustedes?»

«¡Deje de joderme de una vez, reverendo padre! Ni este señor ni yo estamos aquí para hablar de traducciones. Cada cosa tiene su tiempo, y el suyo es el de largarse ahora mismo.»

«Bueno, perdóneme. Sus ideas y reflexiones son para mí preciosas. No obstante puedo aguardar hasta mañana. ¿Tomará usted el café a la hora de costumbre?»

«La costumbre no es ley. ¡Haga lo que le salga del esfínter!»

Y la misma tarde le avistaba desde la ventana, al acecho de mi aparición con Buselham, Lajdar o el tetuaní asiduo del café Fuentes. No había modo de deshacerme de él: topaba con su jeta, de noche, en las inmediaciones del bar del hotel Astoria, en la acera del Carroussel, a la entrada de Le Monocle o la salida del Marco Polo.

«¿No teme agarrar un resfriado a estas horas? ¡El clima de Tánger es muy traicionero!»

«¡Voy bien abrigado!»

«En vez de seguirme sin provecho alguno, haría mejor en ir a la farmacia y comprar aspirina.»

«¡No se preocupe por mi salud! Soy yo quien vela por la suya.»

La persecución se repetía en todos mis viajes. En El Cairo, me pisaba los talones por Jan El Jalili y el barrio fatimí, se ocultaba y reaparecía tras las estatuas del Museo Egipcio, se instalaba en la terraza llena de gatos del restorán Rich, espiaba mi trato con el remero mostachón de una faluca y al punto cerraba el suyo con el de otra (de ordinario, desgarbado y feo), a la zaga de nuestro paseo en el silencio nocturno y majestuoso del río. En Estambul, tropezaba con él en el Gran Bazar, en las callejas empinadas de Beyöglü, en los aledaños del Pera Palas, mientras caminaba del brazo con mi aguerrido luchador de Esmirna. Su desconocimiento absoluto de las lenguas que domino (las suyas, decía, eran el griego clásico y el arameo) le excluía del juego y, con una frustración manifiesta, renunciaba a hacer preguntas a mi compañero y meter baza en nuestra charla sobre las justas de Antalia o Bursa.

«¿Irán a cenar ustedes al Haci Baba? (pronunciaba lastimosamente AZI por HAXE).»

«¡Eso no es asunto suyo! Si la lectura de su *Kempis* no le inspira compre un ejemplar de *La pasión turca*! ¡Estoy seguro de que le encantará!»

«Se lo preguntaba porque en este restorán suelen citarse los escritores más famosos de la ciudad.»

«Cuando voy con escolta los literatos me importan una pipa de girasol, reverendo padre.»

Aquello no tenía remedio: su tenacidad resistía al ridículo. Cuanto más porfiaba en expulsarle de mi vida y escritura, más se aferraba a ellas. Al mirarme en el espejo le veía convertido en remedo o simulacro de mí mismo. Una vez en que me hallaba en dulce coyunda con uno de los personajes esbozados en su manuscrito, me percaté de su presencia silenciosa en un rincón del hotel de la Rue Ramey. Me examinaba, o se examinaba, muerto de envidia, con la dentera de la sirvienta de Melibea durante su acoplamiento con Calisto. ¿Quién le había dado la llave del cuarto? ¿Cómo podía haberse colado dentro si habíamos corrido el pestillo? No se masturbaba siquiera como un vulgar mirón, pero la baba se le escurría por la comisura de los labios. Boca y manos le temblaban. ¿Rezaba por mí? ¿Me maldecía? ¿Recitaba el Pater Noster o las máximas de Monseñor? Imposible saberlo: permanecía allí, a la espía de los movimientos y ahíncos de mi montero, con una tangibilidad que me impresionó. No sé si mi campeador le vio, pues no hizo comentario alguno. Cuando acabamos la faena y fue a limpiarse al lavabo, el *père de Trennes* se había desvanecido. La puerta seguía cerrada y reforzada con pestillo. Volví a casa perplejo, sin saber si la odiosa irrupción de mi sombra era una simple alucinación o, como me inclino a pensar, realidad maciza.

De vuelta a Barcelona, tras una serie de visitas al apartamento familiar de Gil de Biedma, al sótano de la calle de Muntaner y hasta al lujoso despacho de la tribu tabacalera, decidí reunir a todos mis amigos aunque en su mayoría habían muerto. Quería que asistieran a mi confrontación con el *père de Trennes*, al careo con el infatigable seguidor de mis pasos, para aclarar de una vez para siempre quién había copiado a quién, quién era el aprovechón, quién el plagiado.

Cité en primer lugar al poeta y a Gabriel Ferrater, a Cucú y Colita, a Jaime Salinas y Han de Islandia y extendí luego la convocatoria por escrito a mis testigos parisienses y neoyorquinos: Severo Sarduy y Néstor Almendros, Auxilio y Socorro, Manuel Puig y el Semiólogo. M. P. se excusó: se iba a un crucero por el Caribe con una especie de John Kennedy millonario, pelirrojo y pecoso. Con Genet no intenté hablar siquiera del asunto pues sabía de antemano su respuesta: *vous me faites chier avec vos histoires de tantes!*

Lo más difícil fue dar con el propio Fray Bugeo. Había mudado de domicilio y teléfono, sin revelar a nadie sus nuevas señas. Tras muchas gestiones infructuosas, alguien me comunicó que «impartía» unos cursillos de mercadotecnia en el Parque Empresarial de Marbella. ¿Qué diablos pintaba allí?

«Nuestra labor social debe comenzar con los hombres de negocios, banqueros y jefes de empresa. Son ellos las locomotoras que tiran de los vagones del tren en esos benditos tiempos de neoliberalismo. La Prelatura Apostólica me ha confiado una misión de proselitismo y de didascalia: ¡el negociado de almas!»

¿Se estaba riendo de mí?

«Hablo perfectamente en serio. Hay más de un centenar de ejecutivos inscritos en el cursillo. Son nuestros futuros ministros. Le aseguro que no doy abasto.»

«Sólo le pido que venga unas horas. Necesito esclarecer ciertas cosas con usted ante un grupo de amigos comunes.»

«¡No sea impaciente! Debo presidir la ceremonia de la entrega de másters.»

«¿Cuándo?»

«Dentro de unas semanas. Déjeme su número de fax.»

Visiblemente recelaba del encuentro. Él, mi doble, o la sombra de la que no podía deshacerme, multiplicaba las disculpas, acumulaba obstáculos, aducía obligaciones imprescindibles y conflictos de horario, se las daba de hombre superatareado y abrumado con la carga de una responsabilidad titánica. Inútil precisar que sus pretextos y evasivas me exasperaban.

«¿Cuántas mujeres se han inscrito en sus cursillos, reverendo padre?»

«Ninguna. Monseñor prescribe una estricta separación de sexos. Como solía decirnos antes de subir al cielo, ellas no necesitan ser sabias. Basta con que sean discretas.»

«¿No cree que todo eso huele a muy rancio?»

«¡Déjelas usted ahuecar almohadones! El saber sólo contribuye a perderlas.»

A veces me grababa sus trascendentales mensajes en el contestador.

«El adoctrinamiento espiritual de los laicos es el primer paso, conforme a los designios de la Providencia, de la reconquista para la Iglesia de su antiguo poder mundano.»

«Las clases sociales, cada una en el puesto que le corresponde, configuran el orden establecido por Dios en el Universo.»

«Si Cristo predicara hoy, lo haría vestido de ejecutivo en el Parque Empresarial de Marbella.»

Sus nuevas convicciones tecnocráticas, ¿eran sinceras? La ex «Abadesa de Castro», denominada así por Almendros, ¿se había pasado con misal y *Kempis* a los bastiones más duros de la escuela de economistas de Chicago? Aunque estaba curado de espantos y dolor de cervicales a fuerza de volver la cabeza, para localizar a viejos amigos, de una izquierda utópica a la derecha más extrema, la desenvoltura con que el *père de Trennes* exponía sus creencias me desconcertaba. Mientras eludía el encuentro conmigo con toda clase de subterfugios, me dejaba grabados docenas de mensajes con sentencias propias o espigadas en el Código de Santidad del Padre:

«¡La vista en el ideal y la mano en el cajón del pan!»
«Monseñor no escribía para mujercillas ni discípulos blandos como merengues sino para hombres barbados y muy hombres.»
«Alzad templos. Meted los clavos por la punta. La devoción será jugosa y recia.»

Al cabo, su ánimo burlón me azuzó a pagarle con la misma moneda. Cuando desconectaba el portátil, le planteaba mis preguntas, que eran también las de cualquier lectora o lector de esta desmañada novela:

«¿Qué ha hecho usted de su fámulo filipino y de la Seminarista de la sotana rosada? ¿Los ha olvidado en alguna de sus transmigraciones o ejercen su apostolado en Marbella?»
«¿Ha encontrado a algún santo de su paño en los parajes o debe ir a cumplir las preces en Tánger?»
«¡Avíseme de antemano el día en que entregue la imagen de la Virgen de Fátima a Yeltsin!»

La guerrilla telefónica e interfax duró cuarenta días, al término de los cuales recibí la inesperada visita del fámulo y la Seminarista.

Venían descoloridas y mustias, agotadas, decían, por las transmigraciones sucesivas impuestas por Fray Bugeo. El fámulo vestía como los oblatos de la Obra en los años sesenta: pantalón y chaqueta cruzada de color gris, corbata azul marino, camisa de cuello almidonado, zapatos negros, conforme a las normas de convencional pulcritud y atildamiento caras a Monseñor. La Seminarista lucía una peluca violácea como erizada de espanto, y unos párpados alcoholados, con pestañas de quita y pon, enmarcaban sus ojos abultados, de mortecina y exangüe actriz de cine mudo.

Desdicha grande fue la de nacer en la católica España a lo largo de siglos de persecución implacable! Ojalá nuestras madres nos hubieran cagado a mil leguas de ella, en tierras otomanas o de negros bozales! Allí hubiéramos crecido libres y lozanos, sin que nadie se metiera en nuestras vidas ni nos aterrorizara con castigos y amenazas! Cuántas veces vimos desfilar enjauladas a nuestras hermanas camino del quemadero! Cualquier gesto o descuido podían delatarnos y conducirnos a las mazmorras del Santo Oficio, debíamos obrar con sigilo, temblábamos de gozo y terror entre las piernas de quienes ofrecían lo suyo a la voracidad enloquecida de nuestros labios, quizás alguien nos había espiado e iría a denunciarnos, qué desgracia nos acechaba tras los breves instantes de fervor y de dicha? Nos sabíamos condenadas y la certeza de nuestra fugacidad nos empujaba a afrontar temerariamente el peligro, el Archimandrita en el que reencarnó Fray Bugeo nos protegió a la sombra de su convento, aquí no encontraréis mujeres sino hombres que huyen de ellas, componen fratrías y visten faldas, los que no corren tras las mozas de la cantina ni solicitan a las devotas en el confesionario se encargarán de vosotras y aliviarán vuestras ansias, éste es el único puerto seguro en nuestros tiempos de iniquidad y miseria, disfrazaos de monaguillos o monjes, vivid entre falsos *castrati*, fingid gran devoción a Nuestra Señora y afinad el canto en la iglesia, no puedo ofreceros más, extremad la prudencia, cien mil ojos y oídos fiscalizan nuestros actos, registran dichos y movimientos, graban el menor suspiro, ni el KGB ni la CIA han inventado nada, el Gran Inquisidor de estos reinos vela por su quietud y de todo tiene constancia, no confiéis en ningún amante ni amigo, sometidos a tormento podrían traicionaros, acampamos en un universo de fieras, quien no devora acaba por ser devorado

a fuerza de envilecernos asumíamos el reto, invocábamos al demonio y sus obras de carne, celebrábamos aquelarres y coyundas bestiales, nos hacíamos encular junto a los altares por los matones más brutos del hampa, escupíamos su espesa lechada en los cálices, la consagrábamos y consumíamos con la misma unción de los Divinos Misterios

las obleas eran nuestros preservativos!

el odio y aversión del vulgo a las de nuestra especie nos servía de estímulo, instigaba a trastocar sus sacrosantos principios, convertía la abyección en delicia exaltada

sangre, esperma, mierda, esputos, meadas, cubrían las ricas alfombras de la iglesia ante la mirada vacía de sus Vírgenes y santos de palo

inventábamos ritos y ceremonias bárbaros, coroná-
bamos con flores a los sementales más alanceadores, los
proclamábamos Vicarios de Cristo en la Tierra, expri-
míamos hasta la última gota del sagrado licor de sus
vergas en noches inolvidables que evocábamos con mís-
tico rapto mientras prendían fuego a las piras y nos re-
ducían a materia de hoguera

entonces bendecíamos la crudeza del destino y la
gloria de nuestra audacia, nadie nos puede arrebatar una
furia y ardor que se renuevan en el decurso de los siglos,
muertas hoy y renacidas mañana, sujetas a la gravitación
de una absorbente vorágine, éramos, somos, las Santas
Mariconas del Señor listas para todos los desafíos y asechanzas, las devotas del Niño de las Bolas y su Vara de
Nardo, hemos sufrido mil muertes y no nos amedrantan
los zarpazos del monstruo de las dos sílabas, descendía-
mos a las simas del Pozo de la Mina y nos dejábamos
azotar por verdugos encapuchados, eran inquisidores?,
gerifaltes nazis? Íncubos revestidos de la parafernalia de
las *sex-shops* neoyorquinas?, los zurriagazos restallaban
en nuestras espaldas, nos revolcábamos con beatitud in-
munda en los charcos de orina, allí no cabían sonrisas ni
humor, sólo gravedad litúrgica, preceptiva de enardecida
pasión, misterios de gozo y dolor, crudo afán de martirio, usted mismo nos vio, con cautela o cobardía de mirón, en la época de sus cursos en la universidad vecina,
trabados en piña en el cerco de premuras y ahíncos, hasta el día en que topó con un denso e inquietante silencio
y de escalera en escalera, túnel en túnel, aposento en
aposento, asistió al espectáculo de la gehena, no ya de los
mares de luz oscuridad fuego agua nieve y hielo, sino el
de cadáveres y cadáveres maniatados, con grillos en los
pies y collarines claveteados en el cuello, sujetos entre sí
con cadenas, colgados de garfios de carnicero, inmovili-

zados para siempre en sus éxtasis por el índice conminatorio del pajarraco, debemos recordárselo?

usted nos dejó allí, en aquel despiadado abismo, pero nosotras transmigramos y reaparecimos en el círculo de amigas del Archimandrita, de su odiado e inseparable *père de Trennes*

fuimos las gasolinas de mayo del 68 y desfilamos por los bulevares con nuestros perifollos del Folies Bergère y cabelleras llameantes, abrazamos con efusión todas las causas extremas y radicales, seguimos a Genet y sus Panteras Negras de Chicago o Seattle, coreamos con kurdos, beréberes y canacos consignas revolucionarias e independentistas, rechazamos las tentativas de normalización de nuestro movimiento y su inserción insidiosa en guetos, abjuramos· solemnemente de cualquier principio o regla de respetabilidad nauseabunda

somos, escúchenos bien, las Santas Mariconas, Hermanas del Perpetuo Socorro, Hijas de la Mala Leche y de Todas las Sangres Mezcladas y lo seremos hasta el fin de los tiempos mientras perdure la llamada especie humana o, mejor dicho, inhumana, ¿no cree?

ya sé qué pregunta quiere hacerme, a mí, el fámulo importado de las remotas islas, sobre mi insulso traje de oblato, la adivino en el temblor impaciente de sus labios y la malicia abrigada en sus pupilas, y le responderé antes de que nos despidamos y le dejemos a solas con su asendereado libro

por provocación, mi querido San Juan de Barbès! para dar una última vuelta al rizo y cumplir con el papel de garbanzo blanco en mi universo de garbanzos negrísimos!, voy con mi compañera al baile de máscaras animado por la Orquesta Nacional de su barrio, allí arderemos todas las gasolinas y corearemos nuestra consigna, *derrière notre cul, la plage*!, y acabada la fiesta y con la aproba-

ción expresa del bendito arzobispo de Viena y del cardenal romano que, según *Millenari,* hizo voto perpetuo de
homosexualidad, celebraremos una clamorosa sentada
frente a la Prelatura Apostólica con nuestros abanicos,
penachos, plumas, lentejuelas, collares, minifaldas, tetas
de goma, pichas gigantes, para exigir la canonización in-
mediata de Monseñor en razón de su vida y escritos cua-
jados de testimonios de santidad irrefutable

si quiere acompañarnos, le reservaremos un billete
de avión!

Precavida, con las escamas de la experiencia acumulada a lo largo de la historia vaticana, la Santa Obra
compró la totalidad de los asientos en los vuelos con
destino a Roma el día fijado para la algarada y tanto las
gasolinas como el San Juan de Barbès se quedaron en
tierra y con las ganas, vagando como hormigas por las
antesalas de la terminal de Orly.

Nuestro Maurólogo —llamémosle así aunque el
apodo le irrite— tuvo que soportar una larga espera antes de recibir un fax de Marbella en el que se le indica-
ban el día y la hora fijados para su encuentro con el *père
de Trennes.* Éste se celebraría en el teatro del Gymnase
en los bulevares: un equipo de televisión compuesto de
numerarios de la Obra filmaría el cara a cara. Podría in-
vitar a quien quisiera: la entrada sería libre. Le citaban
media hora antes para atar los cabos sueltos del «evento» —¿empleaban la palabreja ex profeso, a fin de mortificarle?— y establecer el turno de preguntas.

Aunque el de Barbès había anotado en sus papeles
media docena de temas de controversia centrados en los

puntos flacos de su íntimo y execrado rival, se armó igualmente de respuestas contundentes, aptas para atajar cualquier incursión aviesa en el terreno personal o en los vericuetos siempre escabrosos de la creación novelesca. Por ejemplo: «¡no conseguirá usted de mí respuestas ineptas haciéndome preguntas que lo son!» O: «en vez de plantearme problemas que no interesan a nadie, ¿no sería mejor que nos revelara los secretos de la santidad vaticana que *Millenari* se dejó en el tintero?» O: «cuéntenos alguna de las devotas inspiraciones motivadas por la lectura de su *Kempis* en los lavabos de la Gare du Nord».

Pero al llegar al Gymnase y adentrarse en la tiniebla de la platea advirtió que el *père de Trennes* había adoptado una estrategia espectacular, agresiva y desconcertante. Robaba luz, toda la luz, a los comparsas y asistentes al acto: gastaba pelo corto y lo llevaba bien peinado; vestía de jefe de empresa de alto nivel, tal vez de director de una poderosa transnacional con intereses en este mundo y el otro; evitaba sus habituales maneras torpes y untuosas; había seguido tratamientos hormonales y parecía rejuvenecido, con aires de televangelista de CNN.

¡Debería haberlo adivinado desde el principio!: ¡seguía al pie de la letra los consejos de un muy cotizado y mundialmente famoso asesor de imagen!

(«Es el mismo que preparaba las apariciones carismáticas de Monseñor en Cadillac negro», le susurró su misterioso vecino de butaca. «Todos los cardenales y obispos de la Curia romana acuden a él.»)

Contrariamente a su costumbre, el *père de Trennes* no posaba los ojos en él ni trataba siquiera de vislumbrar su presencia en la oscuridad de la sala, se dejaba empolvar discretamente el rostro por un maquillador de la Obra, respondía a las llamadas de media docena de portátiles que sonaban a un tiempo sobre la mesa de muebles Loscertales instalada en el centro del escenario.

Wait a moment, please... Yeah... Oh it's lovely!... My credit card?... Just a minute!

Allô, c'est vous? quelles sont les nouvelles du jour? les actions ont remonté? fantastique...

Mi querido amigo... ¿cómo van las cosas en el ministerio? Ya puedes imaginar la alegría con que te escucharía el Padre... ¡Necesitamos ministros!

Acaparaba y absorbía con avidez de esponja la luz de los focos, sin conceder a los demás, Maurólogo incluido, ni una chispa de ella. Aunque quisiéramos describir el teatro y el público que, a juzgar por los susurros y pasos, lo abarrotaba, no podríamos: ¡imposible de toda imposibilidad! Allí no se veía nada. Sólo, tribuno y plebiscitario, al *père de Trennes*. ¡Ya antes de que empezara la confrontación, sus invisibles partidarios le aplaudían y cantaban victoria!

Su primera pregunta retumbó como un trueno —así lo disponía la potencia del equipo sonoro— en el tenebrario de la sala:

«Usted que no cree en nada, mi caro San Juan de Barbès, ¿por qué quiere hacernos creer en la existencia de los hechos y personajes que inventa? ¿no es acaso una contradicción insalvable?»

La tempestad de rugidos que acogió sus palabras ahogó cualquier conato de réplica de nuestro desdichado autor.

(¡Para colmo, le habían desconectado el micro!)

«Yo, bueno...»

«Yo soy tú, ¡pero tú no eres yo sino un fabulador deslenguado!», le asestó el *père de Trennes* mientras alzaba los brazos como un campeón de boxeo después de dejar cao al adversario.

Aquello fue el delirio. El griterío de los forofos era ensordecedor. Centenares de personas repetían sentencias del Libro y le animaban con palmadas. Cuando los focos apuntaron al centro del telón y aureolaron la grandiosa foto de Monseñor en el momento en que invitaba a los fieles a taparse los oídos para no escuchar las maledicencias de los incrédulos y resentidos como el autor de esta *Carajicomedia*, el clamor ascendió al cielo de los bienaventurados. Todas las jerarquías celestes se sumaron a él. Como en los cuadros infantiles triunfó el Bien. En un asiento de platea quedaron los restos del San Juan de Barbès como un palitroque chamuscado.

Capítulo XI

ÚLTIMAS NOTICIAS DE FRAY BUGEO

Años después de la apoteosis del *père de Trennes*
—ignoramos cuántos debido a la confusión de fechas
del relato—, nuestra vieja conocida M.P., rejuvenecida gracias a sus curas de talasoterapia y al empleo asiduo de leches hidratantes, dio inesperadamente con él
en el vestíbulo de *La Gazelle d'Or* en los confines del
Atlas.

(Había ido allí a pasar un fin de semana con un in-
fluyente consejero presidencial, célebre por su fastuosi-
dad y rumbosas propinas.)

La sorpresa y alegría fueron recíprocas.

«¿Qué hace usted por esos parajes, reverendo padre?»

«¿Me permite devolverle la pregunta?»

«He venido a retraerme del mundo, el demonio y la
carne en el reactor privado del Eliseo, *aux frais de la
princesse ou pute République*. Y, ¿usted? ¿Ha dejado sus
cursos de mercadotecnia y negociado de almas? Yo le si-
tuaba aún en Marbella...»

«El tiempo corre excepto para usted, mi querida amiga... En recompensa a mis fieles y abnegados servicios, la
Casa Madre me nombró obispo *in partibus* de Partenia,
un pequeño oasis ideal para jubilados de mi edad.»

«Veo que también está cogiendo el gusto a los lugares exclusivos (¡perdóneme el atroz anglicismo!) reco-
mendados en la *Guide Bleu*!»

«Pura casualidad: tenía una cita aquí con un jefe de la Sacra Corona de Apulia, a quien asesoré en el máster. La Casa Madre y la Sacra Corona mantienen excelentes relaciones de trabajo, ¿no lo sabía? Sus miembros profesan la misma devoción a Nuestra Señora y a los Santos Ángeles Custodios... ¿Me permite un inciso?

«¿Cómo podría rehusarlo al confesor que vela por la salud de mi alma?»

«Quisiera leerle una primorosa sentencia de mi cosecha dirigida a los aspirantes a la santidad, con indulgencia plenaria extensiva a quienes la escuchen y a los lectores del libro.»

«Soy toda oídos, reverendo padre.»

(Nuestro camaleónico héroe se aclaró la garganta y adoptó una pose seráfica.)

«Abramos, con la ayuda de Dios, las Anchas Vías de la Consolación a la enjundia de la verdad y su virtud maciza. ¿Qué le parece?

«Un muy sabio precepto digno de Monseñor.»

Hubo una risa compartida: los dos entendían. Vestido quizá para disimular su exagerado peso y volumen con el hábito de los Padres Blancos (con las prisas de cerrar el relato nos habíamos olvidado de señalarlo), el *père de Trennes* le expuso los motivos de su retiro contemplativo tras varios siglos de apostolado y misión.

«Viendo que mi trato y labor ya no eran como solían, seguí el consejo de la señora Lozana: buscar la paz, que duerme quieta y sin fastidio, sin esperar a que el mundo me deje a mí y me llamen obstinada antigualla.»

«Si no recuerdo mal, ella se jubiló con un mozo robusto y de buenas prendas. Acaso usted...»

«¡No se preocupe por mí! ¡Me he traído a todos los santos que aparecen en mi manuscrito! De acuerdo con las máximas del fundador y las reglas de la Congregación para el Culto Divino, rezo con ellos las preces canónicas y cumplo las devociones aconsejadas. ¡El celo y ardor de estos varones mantienen vivo el recuerdo de la reliquia glorificada por Fray Bugeo!»

Aunque M. P. insistió en visitar la sede episcopal de Partenia y comprobar de paso el temple y gallardía de sus santos, nuestro personaje se opuso de modo tajante.

«¡Eso sería tema de otra *Carajicomedia* y con lo escrito basta! Si quiere saber algo más, consulte los documentos que legué a la Fundación Vaticana.»

Luego, el consejero del Eliseo se presentó a buscarla y, tras un breve intercambio de saludos y cortesías con el *père de Trennes*, dio fin a la vez a la novela y a esta piadosa plática.

INVITACIÓN A LA LECTURA

CARAJICOMEDIA

Síguese una especulativa obra intitulada *Carajicomedia* compuesta por el reverendo Padre Fray Bugeo Montesino, imitando el alto estilo de las Trezientas del famosísimo poeta Juan de Mena. Dirigida al muy antiguo carajo del noble cavallero Diego Fajardo, que en nuestros tiempos en gran luxuria floreció en la ciudad de Guadalajara, por cuyo fin sus lastimados cojones fueron llevados y trasladados en la romana ciudad, cuya vida y martirio la presente obra recuenta.

MUY MAGNÍFICO SEÑOR:

Como un día entre otros muchos oradores me hallase en la copiosa librería del colegio del señor Sant Estravagante —donde al presente resido— leyendo unos sermones del devoto Padre Fray Bugeo Montesino, hallé la presente obra, que este reverendo Padre copiló para su recreación después que corregió el Cartuxano. E porque me parece cosa contemplativa y devota para reír, acordé de la trasladar del fengido lenguaje en que, casi como infición poética, estava en este cruel castellano en que va; y assí mismo, sobre ello, lo mejor que según mi devoción pudiere, declararé algunas escuras sentencias que en ellas ay con alegaciones de los asuetos autores que en ella se verán, considerando el trabajo que en ello tomase ser servicio a vuestra merçed y provecho a los oyentes y a mí, descanso. E si, según las grandes mercedes que de vuestra merced he recebido, pequeño servicio éste le pereciere para mi desculpa, le suplico se acuerde del famoso dicho de Virgilio: «Non minus regia res est modicum acepere quam plurimum dare.»

Al muy impotente carajo profundo
de Diego Fajardo, de todos ahuelo,
que tanta de parte se ha dado del mundo
que ha cuarenta años que no mira al cielo;
aquel que con coños tuvo tal zelo
cuanto ellos de él tienen agora desgrado,
aquel que está siempre cabeça abaxado
que nunca levanta su ojo del suelo.

Assí, muy magnífico señor, como cualquiera obra, para ser más durable, requiere tener muy firme cimiento, assí ésta, para mejor ser entendida, conviene en esta primera copla hazer perfeta declaración, pues es passo primero y comienço do toda se funda. Y para esto es de saber que este Diego Fajardo fue un cavallero de Guadalajara, de noble linaje, en cuyo nacimiento crueles señales mostraron su vida. Del cual afirma un gran puta vieja que oy en la dicha cibdad reside, que fue su partera, que nació la lengua sacada y regañado y arrecho. Assí mismo se lee de su vida en el «Putas patrum» que, desde doze o trez años, tomó tanta devoción con Venus que, dexadas las obras militares y vanidades de este mundo, las más noches andava desatacado de puta en puta. Destos son autores infinitos trincaderos de ellas. Asimismo se lee que, siendo ya venido a la vejez y conociendo sus grandes pecados, que en su juventud avía cometido, se acordó de retraer en un apartado tabanco o bodegón; y allí, sentado en una silla, continuamente le veían con el miembro en la mano izquierda y la derecha abierta, llena de cuartos y ardites con que dava crecidas limosnas a los pobres coños que por allí passavan; y continuando el luxurioso cavallero esta vida, cargándole más la vejez, no pudiendo ya tomar refeción con su carne, fuele forçado caer en cama, y allí estando, a cuantos le venían a ver, contava las luxuriosas hazañas que en su vida avía cometido. Y como ya él conociesse ser en los postreros días de su vida, un día hizo convocar muchos coños y predicóles gran rato, incitando los cojones muy largos y el pendejo muy blanco. Movidos a riso, dieron ante él crudas risadas, despreciando sus amonestaciones, de lo cual él, movido a gran dolor, mandó —so pena de su visión— que muerto su carajo, fuesse llevado al Coliseo de Roma, diziendo tales palabras: «¡O ingrata patria, non possidebis natura mea!», y asiéndose de los cojones, su amortiguado carajo espiró, quedando el triste de Fajardo en la cama, donde oy en día permanece. Y pa su consolación, este breve tratado le fue compuesto por el sobredicho padre.

Cancionero de obras de burlas provocantes a risa

ARCIPRESTE DE TALAVERA

Mas, por quanto en los tienpos presentes más nos va el coraçón en querer fazer mal e aver esperança de penas —que con mal las ha honbre— que non fazer bien e esperar gloria e bien, que syn afán obrando bien la alcançara; por quanto sería útil cosa e santa dar causa convyniente de remedio [a] aquellas [cosas] que más son causa de nuestro mal; e, como en los tienpos presentes nuestros pecados son moltiplicados de cada día más, e el mal bivir se continúa syn hemienda que veamos, so esperança de piadoso perdón, non temiendo el justo juyzio; e como uno de los usados pecados es el amor desordenado, e especialmente de las mugeres, por do se siguen discordias, omezillos, muertes, escándalos, guerras, e perdiciones de bienes, e aun perdición de las personas, e, mucho más peor, perdición de las tristes de las ánimas, por el abominable carnal pecado, con amor junto desordenado; en tanto e ha tanto decaymiento es ya el mundo venido, que el moço syn hedat, el viejo fuera de hedad, ya aman las mugeres locamente. Eso mesmo la niña ynfanta, que non es en reputación del mundo por la malycia que suple a su hedad, e la vieja que está ya fuera del mundo, digna de ser quemada biva; oy éstos y éstas entyenden en amor e, lo peor, que lo ponen por obra, en tanto que ya onbre vee que el mundo está de todo mal aparejado. Que solya onbre de XXV años apenas saber qué era amor, ni la muger de XX; mas agora non es para se dezir lo que onbre vee, que sería vergonçoso de contar. Por ende, bien paresce que la fyn del mundo ya se demuestra de ser breve...

Pero, ¡ay!, unos destos disimulan el mal e ynfingen el byen con disymulados ábytos e condiciones, con palabras mansas e gestos sosegados, los ojos en tierra ynclinados como de honestidad, mirando de revés, de so capa; devotos e muy oradores, seguidores de yglesias, ganadores de perdones, concordadores de pazes, tratadores de todas obras de piedad, roedores de altares, las rodillas fincadas en tierra e las manos e los ojos al cielo, los pechos de rezio firiendo con muchos sospiros, lágrimas, e gemidos...

Desta materia fablar es muy abominable a nuestro Señor, en tanto que los ayres se corronpen de la sola fabla dellos; e los ángeles e santos e santas de parayso buelven su gesto syntiendo la palabra en la tierra dezirse dello...

Que la tierra e los cielos devían tremir e absolver a los tales en cuerpo e ánima como malvados brutos, animales de juyzio, seso, razón, e entendimiento carecientes, pécoras salvajes, de naturaleza fallecientes e contra natura usantes, contra natural apetito. ¡O diablos ynfernales! Non esperan los tales redinción, nin creen ser justicia nin juyzio executorio en nuestro Señor, que asy a ojos abyertos se van [a] poner en las byvas llamas del ynfierno.

Ved, señores, los que esto leés, que oystes, vistes, entendées, qué vos paresce cómo se acerca la fin del mundo, pues non es temido Dios nin su justicia, e la vergüença toda es ya a las gentes perdida, tanto, que todo va a fuego; que ya non valen los castigos que fueron de Sodoma e Gomorra, e los omes que a fuego por esta razón son muertos e de cada día por nuestros pecados mueren.

Demás te diré que, de la segunda materia de los que agora dixe, más dellos aborrecen las mugeres, escupen dellas, e algunos non comen cosa alguna [que] ellas aparejasen, nin vestirían ropa blanca que ellas xabonasen, nin dormirían en cama que ellas fiziesen. Sy les fablan de mugeres, ¡alça, Dios, tu yra!, que se dexan dezir e fazer de ficta onestad; e después andan tras los moçuelos, besándolos, falagándolos, dándoles joyuelas, dineros, cosyllas que a su hedad conviene. Asy se les ríe el ojo, mirándolos, como sy fuesen fenbras. Etc.

Non digo más desta corrupta materia e abominable pecado...

Otros destos ypróquitas desbarvados malos aprenden de broslar e fazer bolsyllas, caperuças de aguja, coser e tajar e aderesçar altares, encortinar capillas, enderesçar un palacio, una cama, e una casa; e aun las mugeres quieren saber tocar e las mónicas afeytar, fazerles los cabellos ruvios; aguas para lavatorios ynfinidas saben fazer; todas las cosas ynfingen de fazer como muger, dexando su usar varonil. Ynfingen delicados, temerosos, e espantadisos e juradores como mugeres: «¡Jesús! ¡Santa Trenidad! ¡Ángeles! ¡Yuy! ¡Ay, avad, hermano! ¡Yuy, amigo! ¡Deo gracias!»

Auctor. ¿Es aquel que viene con el otro Sietecoñicos?

Lozana. Sí, por mi vida, y su pandero trae. Mill cantares nos dirá el bellaco, y ¿no miráis? Anillos y todo ¡muéranse los barberos!

Sietecoñicos. Mueran por cierto, que muy quexoso vengo de vuestro criado, que no me quiso dár tanticas de blanduras.

Lozana. Anda, que bueno vienes, borracho, alcohol y todo, no te lo sopiste poner, calla que yo te lo adobaré, si te miras á un espejo, verás la una ceja más ancha que la otra.

Sietecoñicos. Mirá que norabuena, algun ciego me querría ver.

Lozana. Anda, que pareces á Francisca la Fajarda, entrá, que has de cantar aquel cantar que dixiste cuando fuimos á la viña á cenar, la noche de marras.

Sietecoñicos. ¿Cuál? ¿Vayondina?

Lozana. Sí, y el otro.

Sietecoñicos. Ya, ya, ¿Ferreruelo?

Lozana. Ese mismo.

Sietecoñicos. ¿Quién está arriba? ¿Hay putas?

Lozana. Sí, más mirá que está allí una que presume.

Sietecoñicos. ¿Quién es? ¿La de Toro? Pues razón tiene; puta de Toro y trucha de Duero.

Lozana. Y la sevillana.

Sietecoñicos. La seis veces villana, señores, con perdon.

GUZMÁN DE ALFARACHE

Levantéme de mañana, según tenía costumbre, y mi pierna, que se pudiera enseñar a vista de oficiales; púseme con ella pidiendo a la puerta de un cardenal y, como él saliese para el palacio sacro, reparóse a oírme: que pedía la voz levantada, el tono estravagante y no de los ocho del canto llano, diciendo: «¡Dame noble cristiano, amigo de Jesucristo! ¡Ten misericordia deste pecador afligido y llagado, impedido de sus miembros! ¡Mira mis tristes años! ¡Amancíllate deste pecador! ¡Oh, Reverendísimo Padre, Monseñor Ilustrísimo! ¡Duélase Vuestra Señoría Ilustrísima deste mísero mozo, que me veo y me deseo! ¡Loada sea la pasión de nuestro maestro y redemptor Jesucristo!»

Monseñor, después de haberme oído atentamente, apiadóse en extremo de mí. No le parecí hombre; representósele el mismo Dios. Luego mandó a sus criados que en brazos me metiesen en casa y que, desnudándome aquellas viejas y rotas vestiduras, me echasen en su propia cama y en otro aposento junto a éste le pusiesen en la suya. Hízose así en un momento.

¡Oh, bondad grande de Dios! ¡Larueza de su condición hidalga! Desnudáronme para vestime, quitáronme de pedir para darme y que pudiera dar. Nunca Dios quita, que no sea para hacer mayores mercedes. Dios te pide: darte quiere. Pónese cansado a mediodía en la fuente, pídete un jarro de agua de que beben las bestias: agua viva te quiere dar por ella, con que lo goces entre los ángeles. Este santo varón lo hizo a su imitación. Y luego mandó venir dos expertos cirujanos y, ofreciéndoles un buen premio, les encargó mi cura, procurando mi sanidad. Y con esto, dejándome en las manos de los dos verdugos, y en poder de mis enemigos, fuese su viaje...

La ordenación de la caridad, aunque antes quedó apuntado, digo que comienza de Dios, a quien se siguen los padres y a ellos los hijos, después a los criados y, sin son buenos, deben ser más amados que los malos hijos. Mas, como no los tenía Monseñor, amaba tiernamente a los que le servían, poniendo, después de Dios y su figura, que es el pobre, todo su amor en ellos. Era generalmente caritativo, por ser la caridad el primer fruto del Espíritu Santo y fuego suyo, primero bien de todos los bienes, primer principio del fin dichoso. Tiene inclusas en sí la Fe y Esperanza. Es camino del cielo, ligaduras que atan a Dios con el hombre, obradora de milagros, azote de la soberbia y fuente de sabiduría.

Deseaba tanto mi remedio como si dél resultara el suyo. Obligábame con amor, por no asombrarme con temor. Y para probar si pudiera reducirme a cosas de virtud, me regalaba de la mesa, quitándome las ocasiones y deseo de su plato. De sus niñerías, cuando las comía, partía conmigo, diciendo: «Guzmanillo, esto te doy por treguas, en señal de paz, mira que, como el dómine Nicolao, contigo no quiero pendencia, conténtate con este bocado y con que te reconozca vasallaje dándote parias.»

Decíalo sonriéndose con alegre rostro, sin reparar que estuvieran en su mesa cualesquier señores. Era humanísimo caballero, trataba y estimaba sus criados, favorecíalos, amábalos, haciendo por ellos lo posible, con que todos lo amaban con el alma y servían con fidelidad; que sin duda al amo que honra el criado le sirve, y si bien paga, bien le pagan; pero, si es humano, lo adoran. Y al contrario, al señor soberbio, mal pagador, de poco agradecimiento, ni le dicen verdad ni le hacen amistad, no le sirve con temor ni regalan con amor; es aborrecido, odiado, vituperado, pregonado en plazas, calles y tribunales, desacreditado con todos y defendido de ninguno...

Sentíalo monseñor en el alma. Nada pudo aprovechar conmigo amonestaciones, persuasiones, palabras ni promesas para quitarme de malas costumbres. Y estando una vez con los más criados de casa, en mi ausencia les dijo lo bien que me quería y deseo que de mi bien tenía y, pues conmigo no bastaban buenos medios, se usase una estratagema, que, echándome unos días de casa, podría ser que viendo mis faltas, amansaría conociendo mi miseria; pero que no se me quitase la ración, porque no hiciese cosa torpe ni malhecha. ¡Oh virtud singular de príncipe, digna de alabanza eterna y a quien deben imitar los que quieren ser bien servidos! Que si los criados no son cual yo era, es imposible no dar mil vidas por solo un pequeño gusto de los tales amos...

Hízose así y en tiempo harto trabajoso, porque como un día y una noche hubiese estado jugando y perdido cuanto dinero tenía y del vestido que quedase sólo un juboncillo y zaragüelles de lienzo blanco, viéndome así, metíme en mi aposento, sin osar salir dél. Y aunque me quise fingir enfermo, no pude, porque monseñor era tan puntual en la salud y cosas necesarias de sus criados, que al momento me hiciera visitar de los médicos, y también porque de boca en boca luego se supo en toda la casa mi daño.

Como le falté a la mesa tantos días, preguntaba siempre por mí. Pesábale que se dijesen chismes y de que unos fiscaleasen a otros; y así le decían: «Por ahí anda.» Creció su sospecha no me hubiera sucedido alguna desgracia y, apretando mucho por saber de mí, fue necesario satisfacerlo, diciéndole la verdad. Pesóle tanto de mi mala inclinación, viendo cuán disolutamente sin temor ni vergüenza procedía, que mandó me hiciesen un vestido y con él me echasen de casa en la forma que lo había mandado antes.

Vistióme el mayordomo y despidióme. Corríme tanto dello, que como si fuera deuda que se me debiera tenerme monseñor consigo, haciendo fieros me salí sin querer nunca más volver a su casa; no obstante que me lo rogaron muchas veces de su parte con recaudos y promesas, diciéndome el fin con que se había hecho y sólo haber sido pensando reformarme. Significáronme lo que me quería y en mi ausencia decía de mí. Nada pudo ser parte que volviese; siempre tuve mis trece, que parecía vengarme con aquello. Estendíme como ruin, quedéme para ruin, pues fui ingrato a las mercedes y beneficios de Dios, que por las manos de aquel santo varón de mi amo me hacía...

¿Veis como aun las desdichas vienen por herencia? Ya se decía, sin rebozo ni máxcara, que yo traía sin sosiego a mi amo y él a mí hecho un Adonis pulido, galán y oloroso, por mi buena solicitud. ¡Qué cierta es la murmuración en caso semejante! Y si en lo bueno muerde, ¿qué maravilla es que en lo malo despedace y que haya sospechas, donde no faltan hechas?...

La pena que yo tenía era verme apuntar el bozo y barbas y que sin rebozo me daban con ello en ellas. Y como a los pajes graciosos y de privanza toca el ser ministros de Venus y Cupido, cuanto cuidado ponían en componerme, pulirme y aderezarme, tanto mayor lo causaba en todos para juzgarme y, viéndome así, murmurarme.

Yo procuraba ser limpio en los vestidos y se me daba poco por tener manchadas las costumbres, y así me ponían de lodo con sus lenguas. Últimamente, por ativa o por pasiva, ya me decían el nombre de las Pascuas. Y aunque les decía que como bellacos mentían, reíanse y callaban, dando a la verdad su lugar. Ultrajábanme con veras y recebían mis agravios a burlas. Mis palabras eran pajas y las dellos garrochas.

Hombres hay considerados, que toman los dichos no como son, sino como de quien los dice: y es gran cordura de muy cuerdos. Al contrario de algunos, no sé si diga necios, que de un disfavor de su dama forman injuria y, como si lo fuese o lo pudiera ser, toman venganza representando agravio. Y haciéndosele a ella en su honra, sinrazón la disfaman.

Yo no podía resistir a tantos ni acuchillarme con todos. Vía que tenían razón: pasaba por ello. Y aunque es acto de fina humildad sufrir pacientemente los oprobios, en mí era de cobardía y abatimiento de ánimo, que, si a todo callaba, era porque más no podía.

Como en casa no había centella de vergüenza, no reparaba en lo menos, perdido ya lo más: con risitas y sonsonetes me importaba llevarlo.

Guzmán de Alfarache, de Mateo Alemán

Vida de don Gregorio Guadaña

Estas y otras pláticas solían tener mis padres sobre faltarles heredero, según me contaron después, hasta que un día, estando mi madre bien descuidada, yo llamé a la puerta de su estómago con un vómito. Bien temía ella mi venida, habiéndola faltado el correo ordinario: tres meses sin carta mía. Entró mi padre por la cuadra cuando ella estaba con el ansia, y díjola:

—¿Qué tenéis, Brígida?

—Doctor —respondi[ó] ella—, tengo ansias de heredero.

—¡Buenas nuevas os dé Dios! —replicó él.

Tomóla el pulso y confirmóle el preñado con tanta alegría como si yo estuviera fuera llamándole taíta...

Di en ser tan entremetido desde el vientre de mi madre, que no la dejaba dormir de noche a puras coces. Era un diablo encarnado. Solía meterme entre las dos caderas, y ella daba unas voces tan fuertes que las ponía en la vecindad, por no enfadar al cielo. Cuando ella estaba descuidada, solía yo darle una vuelta al aposento de su vientre y revolverla hasta las entrañas...

—Ya yo sé —replicó ella— que no me hallaré entonces, porque me habré ido para la otra vida. Pero en lo que toca a ser infante, malos años para vos; infanta ha de ser, y como tan se está ensayando para revolver el mundo. ¿Qué queréis: un doctorico? No, no veréis en eso. Ahíto está el mundo de doctores y no de comadres. No le faltaba más a Brígida de la

Luz sino parir un hijo hermafrodita, medio doctor y medio comadre. No, amigo; mejor cuadra a la mujer ser doctora y comadre que al barón ser comadre y doctor.

—Pecadora de vos —respondía él—, ¿no veis que la hija no levanta generación y el hijo sí?

—Ya yo sé —respondió ella— que una hija no levanta lo que levanta un varón, pero tal vez una sola mujer ha levantado a muchos hombres del polvo de la tierra y puéstoles en el cuerno de la luna.

Vida de don Gregorio Guadaña, de Antonio Enríquez

RECONOCIMIENTOS

Juan Alfredo Bellón
Benito Biancaforte
Luis Carandell
Jaime Gil de Biedma
J. González Muela
Pablo Jauralde Pou
Francisco Márquez Villanueva
Teresa de Santos
Severo Sarduy
Ángela Selke
Albert A. Sicroff

Idem al Abate Marchena, José M.ª Blanco White y don Marcelino Menéndez Pelayo

Impreso en el mes de febrero de 2000
en Talleres LIBERDÚPLEX, S. L.
Constitución, 19
08014 Barcelona